세상을 읽는 기준을 바꾸면 본질이 보인다

융합의 식탁

세상을 읽는 기준을 바꾸면 본질이 보인다

융합의 식탁

펴낸날 2022년 7월 13일

지은이 이영숙
펴낸이 주계수 | **편집책임** 이슬기 | **꾸민이** 이화선

펴낸곳 밥북 | **출판등록** 제 2014-000085 호
주소 서울시 마포구 양화로 59 화승리버스텔 303호
전화 02-6925-0370 | **팩스** 02-6925-0380
홈페이지 www.bobbook.co.kr | **이메일** bobbook@hanmail.net

※ 이 책은 2022년 충청북도 충북문화재단의 문화예술육성사업 일환으로 지원받아 발간되었습니다.

세상을 읽는 기준을 바꾸면 본질이 보인다

융합의 식탁

이영숙

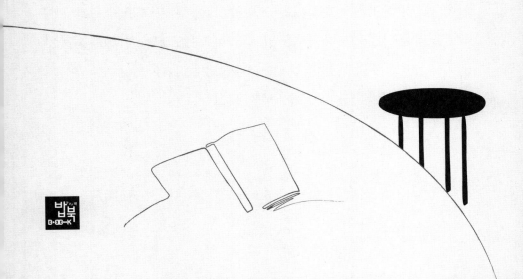

밥북
B·O·O·K

세계의 원형을 찾아서

이 세상에 단면만 있는 것은 없어.

맹점을 잡고 안으로 돌리면 시간이 거세된 부분들이 보일 거야. 경계 짓는 출입문을 지우는 일, 비우지 않고는 어려운 일이지. 생각을 덜면 담도 사라질걸.

고통은 무게로부터 시작됐어. 젖먹이에게서 노인을 보고 무덤에서 자궁을 본다면 이미 우주에 해먹 하나 걸어둔 거야. 돌멩이에 반역을 가한 건 수천 갈래로 분수 한 뱀 대가리 같은 욕망 때문이지. 돌멩이는 잘게 부서져서 무수한 잔디 줄기로 섞이고 싶었는지도 몰라. 흐른다는 것은 멈춘다는 것을 동시에 품고 있어. 히말라야가 지중해였다는 것도 맹점을 잡을 때만 보여. 수영복을 입고 산을 오르는 일도, 돌멩이를 후손으로 돌보는 일도, 문을 잘 열고 들어가면 아주 단순한 거야.

이쯤이면 안을 들여다보는 곁눈 하나 생겼을 거고.

네 안에 내가 보인다는 건 당연한 거야. 우린 처음부터 몸뚱이 하나인 원형인간이었으니까. 배꼽을 가른 건 돌로 칼날을 꿈꾼 욕망 때문이지. 서로 안엔 아니무스^{animus}와 아니마^{anima}가 엉켜 있거든. 싱클레어 안에 내재된 아니마도 그런 맥락이지.

이젠 건강한 독서를 통한 입체적 사유와 세계 내 각 존재자에서 존재의 성스러움을 발견할 줄 아는 마틴 하이데거식 사유의 길을 세워가자고. 그것이 실존적 사유방식이며 사상이 건강한 자기^{self}로 자립하는 길이라네. 싱클레어가 만난 데미안처럼.

2022년 여름,
이영숙

목차

프롤로그_ 세계의 원형을 찾아서   4

1장_ 세상은 아는 만큼 읽는다

◈ 세상은 아는 만큼 읽는다   13

◈ 세계 내 존재를 발견하는 길   16

◈ 세상을 읽는 기준을 바꾸다   20

◈ 시적 근육이 필요하다   23

◈ 사유하지 않는 죄   26

◈ 익숙한 것들과 결별하라   29

◈ 인문정신, 책으로 통하다   32

◈ 호모 노마드의 탈영토화   35

◈ 정글짐에서 세상 읽기   38

◈ 몸으로 표현하는 인문학 책 놀이   41

◈ 문학은 문장으로 완성한다   44

2장_ 세잔의 사과 본질을 보다

◈ 세잔의 사과 본질을 보다   51

◈ 눈먼 소녀, 이 시대의 자화상   54

◈ 왜 시녀들이라고 했을까   57

◈ 빨강은 멋져, 하지만 파랑도 멋져   60

◈ 왜 우리는 평면만 보는가   63

◈ 어둡던 달나라를 빼곡히 채우려면   66

◈ 우리에게 단군신화는 어떤 의미인가   69

◈ 인간 중심의 궤도, 이제 그만   72

◈ 코르셋 벗은 노라   75

◈ 시인 탐구 보고서   78

◈ 군자는 큰 그림을 그린다   81

3장_ 선과 악의 충돌

◈ 선과 악의 충돌   87

◈ 하얀 거짓말 필요한가   90

◈ 퇴적공간과 잉여 인간   93

◈ 공간의 권력   96

◈ 꽃의 권력   99

◈ 경제구조와 교육의 시소게임   103

◆ 판도라의 마지막 희망　　　　　　106

◆ 보수와 진보 사이　　　　　　　　109

◆ 살아나라, 지구별　　　　　　　　112

◆ 조선 최초 인문학자, 퇴계 이황　　115

4장_ 강물로부터 듣다

◆ 강물로부터 듣다　　　　　　　　　121

◆ 이 또한 지나가리라　　　　　　　124

◆ 태양의 삶　　　　　　　　　　　127

◆ 무심천은 서사시다　　　　　　　130

◆ 바다는 비에 젖지 않는다　　　　133

◆ 숲에서 힐링하기　　　　　　　　137

◆ 자연은 상상 그 자체다　　　　　140

◆ 어디서 살 것인가　　　　　　　143

◆ 미리 내준 밥값　　　　　　　　147

◆ 밥은 징검다리 놓는 일이다　　　151

5장_ 내가 나를 만든다

◆ 내가 나를 만든다   159

◆ 페르소나와 민낯의 전형   162

◆ 딸은 아들이 아니다   165

◆ 고비를 넘다   168

◆ 상처도 꽃이다   171

◆ 이 시대의 약포 정탁은 어디 있는가   174

◆ 생존 온도를 높이는 일   177

◆ 위대한 정오가 온다   180

◆ 이 시대의 이방인   183

◆ 알을 깨고 나온 데미안   186

에필로그_ 사상이 건강한 자기, 내 삶의 나침반인 책   190

1장

세상은 아는 만큼 읽는다

세상은 아는 만큼 읽는다

고지마 히로유키, 『세상은 수학이다』

인간으로 태어나 수학을 제대로 이해하지 못한다는 건 정말 안타까운 일이다. 수학으로 생각하면 인생은 훨씬 풍요롭고 여유로워진다.

최초의 유물론 학파 밀레토스 시조인 탈레스는 세계 우주 만물을 구성하는 물질의 근원을 물*로 보았다. 그러나 이후 수학자 피타고라스는 수**를 우주의 근원으로 보았다. 얼마 전 생태 강사로 활동하는 문우 덕분에 두 이론 사이에서 갸우뚱했던 학창 시절의 남은 과정을 쉽게 한눈에 확인하는 숲 관찰 시간을 가졌다. 그 이후 세상을 온통 수로 보는 기이한 버릇이 생겼고, 더 자세한 생태 공부를 위해 생명의 숲에서 진행하는 산림교육전문가 과정을 신청하고 시작할 시간만 기다리는 중이다.

이탈리아 수학자 피보나치(1179~1250)는 토끼의 번식과 관련한 재미있는 문제를 소개했다.

피보나치 수열의 가장 기본적인 공식은 앞의 두 수를 더해서 만든 숫자를 늘어놓는다는 것이다. 한 농장에서 갓 태어난 암수 한 쌍의 토끼로부터 시작할 때, 새로 태어난 토끼 한 쌍은 두 달 뒤부터 매달 암수 새끼 한 쌍을 낳는다. 그렇다면 1년 동안 토끼는 암수 몇 쌍으로 불어 나는가. 답은 89와 144의 합인 233이다. 앞의 수를 연결하여 점점 커 지는 구조이다.

피보나치 수열 ⇒(1 1 2 3 5 8 13 21 34 55 89 144 233)

자연이 피보나치 수열을 따르면 앞의 잎에 영향을 받지 않고 햇빛을 최대한 받을 수 있다는 점이다. 관찰을 통해 솔방울은 8개의 나선과 13 개의 나선을 보이고 해바라기는 34개와 55개가 서로 반대 방향의 나선 구조를 띤다. 해바라기 씨앗도 가장 좁은 공간에서 최대한의 씨를 품으 려면 피보나치 수를 따를 수밖에 없다. 이렇게 확장된다면 자연은 그야 말로 수라는 그물로 직조된 공간이라고 할 수 있다.

일본 도쿄대학 경제학 박사인 고지마 히로유키는 인간으로 태어나 수 학을 제대로 이해하지 못한다는 건 정말 안타까운 일이라며 수학으로 생각하면 인생은 훨씬 풍요롭고 여유로워진다고 피력했다. 그의 저서 중 『세상은 수학이다』는 한 번쯤 펼쳐볼 책이다. 수가 우리 일상에 얼마 나 밀접하게 관여하며 세상의 질서를 유지하는지 잘 보여준다.

자세히 보면 꽃에 보이는 피보나치 수열 구조는 굉장히 신비롭다. 우 리 주변에 피는 꽃잎 수를 보면 거의 3장, 5장, 8장, 13장, 21장, 심지어 34장, 56장을 띠는 것도 있다. 꽃들이 피보나치의 수를 띠는 것은 꽃 안의 수술을 보호하려는 역할로 질서 있는 겹침이다.

세상은 아는 만큼 읽는다. 이제는 잔디밭을 서성이는 달팽이도 지천 으로 핀 개망초도 모두 의미 있는 존재로 다가온다. 저마다의 질서를

융합의 식탁

유지하며 소우주를 이루는 자연의 세계는 인간에게 해석되는 피사체로서의 정복 대상이 아니라 공생과 질서를 배우는 모본이다.

오늘도 식물도감을 들고 야생으로 나간다. 녹색만 보아도 힐링이다. 쑥부쟁이와 구절초를 구분 못 하고 독말풀과 천사의 나팔을 구분 못 해도 괜찮다. 아까시나무 잎에 붙어있는 배얼룩재주나방 애벌레를 쐐기라고 혼동하면 좀 어떠랴. 다만 그들이 저마다의 소우주를 이룬다는 사실을 모르고 인간의 상식과 기준으로 생태계를 읽는 폭력은 가하지 말자는 것이다. 탐욕으로 가득한 인간 세상, 사회 계약으로 만들어 놓은 법은 객관성을 잃어 권력 크기에 따라 타고 안 타는 '옻나무법'이 된 지 이미 오래다. 조직의 질서를 따르면서도 부딪치지 않고 자유롭게 날갯짓하는 하늘의 새무리처럼 자연으로부터 공생하는 원리를 터득해야 할 때이다.

세계 내 존재를 발견하는 길

머리 스타인, 『융의 영혼의 지도』

머리 스타인이 쓴 『융의 영혼의 지도』를 읽는 중이다. 그 기반으로 예전에 읽던 헤르만 헤세의 『데미안』을 재독서하는 과정에서 싱클레어를 통해 의식적 자아ego를, 데미안을 통해 본래적 자기self를 발견하며 문학의 큰 주제를 찾아가는 중이다.

내 삶의 나침반이 된 첫 번째 책이 프리드리히 니체의 『차라투스트라는 이렇게 말했다』라면 두 번째 책은 질 들뢰즈의 『차이와 반복』이고 세 번째 책은 지그문트 바우만의 『액체 근대』이다. 요즘은 눈도장만 찍던 마틴 하이데거의 『존재와 시간』을 통해 세계 내 존재자들에서 존재의 성스러움과 경이를 발견하며 시적 사유와 근육을 세워가는 중이다.

초등학교에서 대학교까지 큰 폭을 오르내리며 강의 프로그램을 만들다 보니 미술, 영화, 그림책, 동시, 동화, 고전, 현대문학, 역사, 철학, 과학, 인문학 등 문학과 비문학의 경계를 넘나들며 날마다 강제 독서를 해야 한다. 깊고 크게 보는 입체적 독서교육을 통한 논술 사고, 액체 사고, 인문 사유를 촉진하고 세계 내 다양한 존재자의 고유한 존재성을 제대로 이해하자는 건강한 목적이다.

책이라는 사다리를 통해 세계를 이루는 큰 틀을 인식하고 무의식의 저 심연까지 탐구하려는 의욕에 최근엔 머리 스타인이 쓴 『융의 영혼의 지도』를 읽는 중이다. 그 기반으로 예전에 읽던 헤르만 헤세의 『데미안』을 재독하는 과정에서 싱클레어를 통해 의식적 자아ego를, 데미안을 통해 본래적 자기self를 발견하며 문학의 큰 주제를 찾아가는 중이다.

고체 사고에서 액체 사고로 사회적 개인의 여건과 실제 개인의 여건, 즉 사회적 자아와 본래적 자기에 이르는 길에 대한 고민이 큰 주제로 다가왔다.

차이가 부단한 탈중심화와 발산의 운동이라면, 그 반복과정에서 끊임없이 작은 차이를 만들어내고 '우리는 서로 다르지만 대립하지 않는다'라는 문장에 시선이 닿는다. 그 이후 지금까지 무비판적으로 수용한 고체적 진리와 중심에서 벗어나려는 탈중심, 탈진리가 내 안에 꿈틀거렸고 지금-여기를 새롭게 보려는 세계 내 사유가 조금씩 자리 잡는 중이다.

쉬지 않고 책을 읽는 일은 사상이 건강한 자기로 바로 서기 위해서다. 책을 통해 세계 내 존재자를 건강하게 이해하고 공동체를 유기구조로 보며 모두를 있는 그 자리에서 성스럽게 발견하는 작업이다.

내가 그의 이름을 불러주기 전에는

그는 다만

하나의 몸짓에 지나지 않았다.

내가 그의 이름을 불러주었을 때

그는 나에게로 와서

꽃이 되었다.

– 김춘수, 「꽃」 전문

    김춘수 시인의 대표 시 「꽃」처럼 그 은폐된 존재자의 성스러움을 발견하는 의식 행위이고,

여보게

어디를 가시는가

그림자가 묻는다

"나를 찾아가는 길이라네"

등 뒤에서

그대를 좇아오느라 숨이 찼다네

낮 12시의 태양이

그대의 정수리에 머물거든

그토록 찾아 헤매던 손님이 찾아올 걸세

그대가 찾는 사람이라네

– 이영숙, 「나를 찾았는가」 전문

융합의 식탁

자작 시집 『마지막 기차는 오지 않았다』에서 페르소나와 그림자, 개인 무의식이 일치하는 시간으로 본래의 자기를 찾아가는 순례이다. 니체가 강조한 정오의 시간, 낮 12시 민낮의 시간을 지향하며 셀프를 만나러 가는 길이다. 그 마지막 손님인 건강한 자기, 위버멘쉬를 만나려는 정반합의 과정이다.

독서는 영육의 융합을 통해 세계 내 건강한 자아로 자립해가는 과정이며 영혼의 등대를 밝히는 의식의 개성화 과정이다. 마빈 토케이어의 『영원히 살 것처럼 배우고 내일 죽을 것처럼 살아라』는 책명처럼 매 순간 건강한 존재자로 살기 위한 길이다.

세상을 읽는 기준을 바꾸다

이영숙, 『낮 12시』

우리가 본다고 하는 것들은 정확한 것인가. 인간, 서양, 백인, 남성, 성인, 기독교, 수도, 도시 중심으로 진리화한 기준들이 인간 중심으로 해석한 『은혜 갚은 까치』를 만들어냈고 가부장 중심인 『선녀와 나무꾼』을 창작했다.

"선생님, 잘 지내시지요? 오늘 학교 독서동아리에서 인공지능과 딜레마에 대한 토론 수업을 했어요. 마이클 샌델의 『정의란 무엇인가』가 떠오르면서 선생님과 함께했던 독서논술 수업이 그리워요."

중학교 2학년인 예빈이가 보낸 카톡이다. 학교에서 독서동아리 부회장을 맡았다는 제자는 초등 방과 후 독서논술 수업을 5년이나 수강하고 졸업한 제자이다. 국어 전담 선생님께 '작가와의 만남' 초청 작가로 나를 요청했다는 것이다. 며칠 후 '작가와 함께 하는 독서교육'에서 '세상을 읽는 기준을 바꾸다, 시점 바꾸기'라는 타이틀로 도서실에서 신청 학생들과 90분 동안 흥미진진한 특강을 열었다.

'이 세상에 올바른 해석은 존재 하는가' 질문으로 시작하여 지금까지 기준이라고 여긴 선과 악의 이분법을 짚어보고 대니얼 디포가 쓴 『로빈

융합의 식탁

슨 크루소』를 미셸 투르니에가 수평적 시점으로 패러디한 『방드르디, 야생의 삶』을 독서토의 텍스트로 삼았다. 먼저 학생들에게 각자 손을 펼쳐 보라고 했다. 무엇이 보이느냐는 질문에 대부분 손등이 보인다고 했다. 손을 뒤집어 다시 보라고 하자 그제야 손은 손등과 손바닥으로 되어 있다고 말했다.

그렇다면 우리가 본다고 하는 것들은 정확한 것인가. 앞서 출간한 인문 독서 에세이 『낮 12시』 중 독서토의 관련 자료 몇 가지를 복사했다. 그동안 우리가 도덕 교과서처럼 읽어온 전래동화는 다시 평가해야 할 부분이 상당하다. 인간, 서양, 백인, 남성, 성인, 기독교, 수도, 도시 중심으로 진리화한 이분법의 기준이 그렇다. 인간 중심으로 해석한 『은혜 갚은 까치』가 그렇고 가부장 중심인 『선녀와 나무꾼』 등이 대표이다. 그중에서 대니얼 디포의 소설 『로빈슨 크루소』는 인간, 서양, 백인, 남성, 성인, 기독교 중심으로 해석한 대표 작품이다. 문명인 인간 중심으로 해석할 때 야생에서 살아남은 로빈슨은 위대한 인물이다. 그러나 자연인 프라이데이 시점에서는 유럽의 한 인공도시에서 와 자연을 함부로 훼손한 야만인으로 볼 수 있다. 야생 동물을 가축화하고 원주민 아이에게 영어와 성경을 가르치며 도시 문명과 어른의 세계, 주인과 노예의 주종관계를 가르치는 이런 유의 작품은 시대가 만든 산물이다.

원작의 시점을 달리하여 수평적 읽기를 한 미셸 투르니에의 『방드르디, 야생의 삶』은 방드르디의 실수로 로빈슨의 문명 자본인 폭약, 금화, 총, 성경 등이 가득한 보물창고가 불타는 바람에 주종관계가 해체되고 우정 관계로 전환하는 구도이다. 아이러니하게도 로빈슨은 문명의 산물을 다 잃고서야 가벼운 몸으로 태양 아래서 진정한 자유를 누린다. 그동안 자신을 억눌렀던 중력에서 해방된 로빈슨이 자연, 야생, 원시, 태양의 삶에 동화돼 스페란차(희망의 섬)에 영원히 남는 것으로 이야기는 끝이 난다.

학생들은 시점 바꾸기를 통한 이색 토의 수업에 큰 호기심을 보이며 자신이 읽은 책 중 잘못된 부분들을 찾아냈다. 김만중의 『사씨남정기』에서 사 씨와 교 씨의 관계도 가부장 중심의 축첩제도가 만들어낸 시대적 선악이라는 통찰이다. 세상은 서로 다양한 것들이 어울려 원형의 띠를 이룬다. 여기에 중심을 세워 우열이라는 가치를 매길 수는 없다. 이제는 손등이라는 중심에 밀려 해석되지 못한 수많은 손바닥을 조명해서 수평구도의 행복한 세상을 모색해야 한다.

왕비를 미모로 뽑은 백설 공주 아버지 『백설 공주』, 토끼는 잠자고 싶지 않았어 『토끼와 거북』, 유연수, 당신 잘못이 크네요 『사씨남정기』 등, 독서토의를 마치고 '나도 작가' 시점 바꾸기 시간에 제목과 첫 문장까지 써보는 것으로 진행하고 귀가했는데 그 후 학생들이 완성한 작품이 궁금해진다.

시적 근육이
필요하다

영국 시인 콜리지는 하나의 꽃이든 한 알의 모래알이든 그것이 존
재하는 신비를 느낀다는 데 시인인 선생님은 어떤 것이 존재한다
는 사실에 경이를 느낀 적이 있는가?

"왜 봄이 왔을까요? 시적詩的으로 표현해 볼까요?"
"꽃을 피우려고 봄이 왔습니다."

김남권 시인의 대표 시 「당신이 따뜻해서 봄이 왔습니다」로 첫 만남의
인사를 트니 서먹함이 가시는지 표정들이 밝다. 이번 독서토론 특강이
다소 어려운 주제라 긴장을 풀기 위한 시로 마중한 오프닝 멘트였다.
학교에서 독서토론 특강으로 어떤 책이 좋으냐고 물었을 때 하이데거
사상이 기본 베이스인 박찬국 교수의 『삶은 왜 짐이 되었는가』를 추천했
고 학교에선 방학 중인 학생들에게 책과 점심으로 샌드위치 도시락을
제공했다. 책을 좋아하는 자발적 참여자들이라 토의 수준이 철학 전공
자 수준을 넘는다.

"삶은 왜 짐이 되었을까요?"

"삶을 무겁게 들었기 때문입니다."

대학 4년생이 내린 명쾌한 대답이다. 저자는 전대미문의 물질적 풍요를 누리는 이 시대를 가장 궁핍한 시대라고 규정한다. 인간을 비롯한 모든 것이 기술적으로 처리되고 자원이나 수단으로 간주하는 세계는 궁핍할 수밖에 없다는 것이다. 각 존재자는 그 안의 성스러움, 즉 신성을 지니는데 우리가 수단으로만 일괄적으로 가치를 측정하기 때문이란다. 그래서 새로운 세계인식과 매 순간 존재자에게서 경이와 공감할 수 있는 시적인 태도가 필요하다는 것이다. 시인 추방론을 펼친 플라톤이 무덤에서 벌떡 일어날 일이다. 시적인 태도야말로 사물들 스스로 자신을 드러나게 하는 것, 즉 존재자 스스로 존재를 발현하도록 간섭하지 않고 가치화하지 않는 것을 뜻한다.

결론은 어떤 보편의 논리로 재단하지 않고 세간의 욕망을 내려놓으면 사물의 존재를 제대로 볼 수 있다는 전언이다. 삶의 짐은 탐욕과 비례한다. 삶이 짐이 되는 이유는 초두에 학생이 내린 답처럼 삶을 무겁게 들었기 때문이다. 삶은 욕망한 만큼 무거울 수밖에 없다.

질문 시간에 한 여학생이 하이데거 사상을 헤르만 헤세의 작품과 연결해서 이해해도 무방한지 묻는다. 헤르만 헤세, 니체, 하이데거 모두 내면으로 길 트기와 자립이라는 공통점과 실존 사상이 바탕이어서 가능하다고 하니, 이 시대의 전체 화두는 사물이든 인간이든 존재 찾기인

융합의 식탁

것 같다고 정리한다.

영국 시인 콜리지는 하나의 꽃이든 한 알의 모래알이든 그것이 존재하는 신비를 느낀다는데 '시인인 선생님은 어떤 것이 존재한다는 사실에 경이를 느낀 적이 있느냐고 묻는다. 아무것도 없는 황량한 산야에서 일제히 초록 잎이 고개를 내밀 때 경이를 느끼고 피보나치 수열 구조를 통해 만물은 수로 되어있다는 피타고라스의 원리를 발견할 때 신비를 느낀다고 했더니 산림과 학생이 공감하는 박수를 보낸다.

몇몇 학생에게 책을 읽고 어떤 생각을 하였느냐 물으니 '우물 밖 세계를 본 기분'이라고 한다. 대부분 전공 서적 외에 인문학 서적은 읽을 기회가 없는데 독서토론 특강을 통해 선후배 학우와 열린 공간에서 현시대의 구조와 존재에 대한 깊은 통찰을 할 수 있어서 뜻깊은 시간이었다고 말한다.

인문학 책을 읽고 삶의 방향을 찾아가는 젊은 학우들의 진지한 모습에서 파릇한 미래를 본다. 지금 이 모습이 대학의 일반 강의실 풍경이라면 얼마나 좋을까? 삼삼오오 교정 벤치에 앉아 마르크스를 논하고 헤겔을 논하던 그 사유의 근육들은 퇴화된 것일까? 저마다 손에 문고판 한 권씩 들고 교정을 어슬렁거리며 젠체하던 그 옛날 아날로그 낭만이 그립다.

사유하지 않는 죄

한나 아렌트, 『아돌프 아이히만』

600만 유대인의 학살을 총지휘한 히틀러의 수하 아돌프 아이히
만의 죄는 말하기의 무능성, 생각의 무능성, 판단의 무능성, 즉
'사유하지 않은 죄'이다.

춘 사월의 소소리바람이 꼬리를 치며 골목을 누빈다. 휘감은 자리마
다 찌그러진 페트병과 종이컵들이 '13인의 아이'(이상, 「오감도」)처럼 질
주한다. 거친 바람을 타고 노는 생활 쓰레기의 일상적인 풍경에 느닷없
는 공포가 엄습한다. 제 거주하는 공간 외엔 쓰레기통으로 생각하는 무
서운 사람과 무섭다는 사람만 있을 뿐이다. 일제 강점기보다 더 끔찍한
어둠과 피폐한 환경이 소용돌이치며 몰려온다. 우리가 생각 없이 던진
부메랑이다.

인간 중심으로 구도 된 문명은 그 편리만큼 치러야 할 대가도 엄청나
다. 생각 없이 계획하고 생산과 소비하는 사회, 이윤 추구에만 방점을
찍는 무책임한 범죄에서 면죄 받을 사람은 없다. 출처를 알 수 없는 시
커먼 물이 도랑을 타고 하천으로 모여들고 다시 그 물줄기는 식수원으
로 유입돼 결국 우리 내장으로 흘러든다. 종국엔 임산부의 자궁을 위협

융합의 식탁

하고 아이들의 여린 살갗을 공격한다. 끔찍한 자승자박自繩自縛이다.

600만 유대인의 학살을 총지휘한 히틀러의 수하 아돌프 아이히만은 그의 주장대로 정부의 충직한 관리였다. 그러나 훗날 그를 법정에 세운 죄명은 말하기의 무능성, 생각의 무능성, 판단의 무능성, 즉 '사유하지 않은 죄'이다. 유대인을 가장 효과적인 방법으로 처리한다는 명분으로 고안한 살인 열차를 위풍당당 주장하는 그의 무능은 마지막까지 그 정점을 찍는다.

사유하지 않는 자, 숙고하지 않는 자들이 그 시대만 있었을까? 인간 중심으로 빚은 폭력들은 결국 시커먼 구름 속으로 해를 가두고 우울한 일기를 만들었다. 인간을 만물의 기준으로 평가하는 오만과 최소한의 인격적 대우조차 하지 않는 갑들의 무지와 기본적인 양심조차 갖추지 못한 무지와 무능의 집단들이 오늘 같은 이 현상을 만든다.

프랑스 조각가 로댕의 작품 「생각하는 사람」은 단테의 「신곡」에서 영감을 받아 조각한 작품이다. 그 작품을 지옥의 문 상단에 배치한 것은 그 의미가 매우 크다. 생각하지 않는 죄가 지옥으로 가는 지름길 1순위이기 때문이다.

야윈 양심이 지나간 골목마다 쓰레기는 넝마처럼 뒹굴고 낚시꾼들이 버리고 간밤의 흔적들은 긴 천변을 타고 나뭇가지마다 스티로폼과 너덜거리는 검정 비닐을 문패처럼 걸어놓았다. 그 모습에서 우리의 아픈 미래를 읽는다. "나 한 사람쯤이야"가 만들어낸 역사에서 이제는 "나 한 사람만이라도"로 진행하는 새로운 역사로 이어져야 한다. 인류의 건강한 역사는 의식 있는 소수에 의해 진행돼 왔다. 면장갑을 끼고 철 집게를 들고 다니는 사람을 제정신 아닌 사람으로 보는 잘못된 인식이 철폐되는 그 순간까지 소수들의 의로운 행보는 계속될 것이다.

야심한 밤에 누군가는 잔뜩 쓰레기를 버리고 가고 누군가는 그 뒤를 따라 쓰레기를 줍는다. 무서운 사람과 무섭다는 사람, 버리는 사람과 줍는 사람, 인간의 역사는 그렇게 선과 악의 이분법의 고리를 이루며 공존했다.

여행 내내 쓰레기 하나 발견할 수 없고 개인 집 하천에도 작은 물고기가 노는 일본의 잔상은 아직도 상큼한 추억으로 여울진다. 우리도 이젠 숫자놀음의 선진국 개념에서 벗어나 정서와 도덕 기준으로 바뀌어야 한다. 깨끗한 골목, 깨끗한 하천이 선진국 문화이며 의식이다.

어떻게 이루어낸 이 땅의 나라의 봄날인가. 골목마다 즐거워하는 '13인의 아이'들이 희망을 노래하는 만년 봄날을 기원한다.

융합의 식탁

익숙한 것들과
결별하라

세상을 읽는 기준을 바꾸다-익숙한 것들과 결별하기 구성은 독서
와 글쓰기 전 선결돼야 할 의식 포맷이다.

한 시간 일찍 도착해서 하늘 삼매 중이다. 지중해 에메랄드빛 바다를
떠올리는 가을 하늘은 그대로 청아한 문장이다. 삶을 무겁게 하는 대
지의 욕망을 내려놓고 가만히 눈을 걸면 어느새 자리한 평온한 고요,
도심 속 뭉친 근육을 풀기에 저만한 공간이 또 있을까?

몇 해 전 어머니마저 하늘로 난 무지개다리를 건너신 이후 이젠 하늘
이 심리적 안전기지의 공간으로 생물학적 고향을 대신한다. 대지의 어
머니 올라가시고 먼저 가신 하늘의 아버지가 손잡으셨으니 우주 그대로
큰 고향인 까닭이다.

이제 조금 있으면 마법을 부려야 할 시간이다. 도 교육도서관에서 진
행하는 행복교육의 목적으로 매주 금요일마다 진행하는 '글쓰기의 마
법' 강좌를 맡았다. 주로 학교에서 초·중·고·대학생들 대상으로 독서토
론논술을 병행한 글쓰기 강의를 해오던 터라 이번 학부모 대상과 성인

글쓰기 강좌는 이를 유감없이 발휘할 기회라 매우 설렌다.

올바른 독서와 글쓰기 이전에 무엇보다 사고의 전환이 필요한데 문제는 기성세대가 무의식으로 학습해온 선과 악의 가치 개념과 고정관념을 탈피하는 의식 전환이 시급하다. 우선 누구나 알고 있는 전래동화 『은혜 갚은 까치』, 『선녀와 나무꾼』, 『백설 공주』를 분석 텍스트로 삼고 이십여 개의 예시 PPT를 만들었다.

"선비는 왜 까치를 선, 구렁이를 악이라고 보았을까요?"
"선녀는 왜 하늘로 갈 수밖에 없었을까요?"
"백설 공주의 새 왕비는 왜 자꾸 거울을 보는 걸까요?"

예상대로 인간 중심의 선과 악, 가부장 중심의 선과 악, 남성 중심의 미추 개념을 분석하는 과정에서 자각하는 웅성거림이 강의실을 메웠다. 우리가 선과 악의 표준으로 학습한 전래동화에 깃든 폭력을 지나치는 한 차이는 계속 차별로 대신할 것이다. 이러한 의식의 개선 과정 없이 글을 쓴다는 것은 모래 위에 집을 짓는 격이다. 유교를 핵심도덕으로 배운 "라떼는 말이야"의 기성세대의 가치를 점검하지 않는 한 포노 사피엔스 시대를 살아가는 이 시대 청소년들과 원활한 소통은 쉽지 않을 것이다.

시대에 따라 가치는 변한다. 로마 바티칸 중심의 가치였던 천동설이 훗날 지구가 태양을 돈다는 새로운 가치로 발견되었듯, 여전히 우리 사

　　　　　　　　　　　　　　　　　　　융합의 식탁

회엔 무의식으로 흐르는 잘못된 기준들이 많다. 지구 안의 생태물리학을 유기구조로 이해하지 않고는 모두가 행복한 수평 세상을 이루기는 어렵다.

시대를 통찰한 코페르니쿠스적 사고 전환이 필요한 후에 글쓰기는 독서와 나란히 가야 할 항목이다. 1강의 주제로 '세상을 읽는 기준을 바꾸다—익숙한 것들과 결별하라'의 구성은 독서와 글쓰기 전 선결되어야 할 의식 포맷이다. 토의 과정에서 시점 바꿔보기를 통해 이 세상에 존재하는 무수한 주체의 다양한 가치를 이해하고 생명의 저울을 수평으로 인식한 만큼 첫 강의는 성공이다.

1강의 목표가 익숙한 것들과 결별하여 뇌를 새롭게 포맷하는 시간이었다면 2강은 '내가 사랑한 첫 문장'을 필사해온 것을 참고하여 첫 문장 세 줄을 작성해보는 시간이었다. 시작은 미약하나 글쓰기를 통해 삶을 풍요롭게 하는 시간을 누려갈 것이다.

독서와 글쓰기를 통한 평생학습은 사상이 건강한 자아로 거듭나며 공동체를 건강하게 하는 척도이다. 그 시작은 탈진리, 세상을 읽는 기준을 바꾸는 익숙한 것들과의 결별로부터 시작이다.

인문정신, 책으로 통하다

생물의 생존이라는 관점에서 본다면 낙타가 더 현명한 것은 아닌가. 혹은 낙타, 사자 모두 생존하기 위하여 각자에게 맞는 선택을 한 것은 아닌가.

얼마 전 인문학 에세이 『낮 12시』를 출간하고 인터넷 관련 기사를 찾는 중에 충북대학교 수학교육과 학생이 블로그에 올린 독서 평을 읽게 되었다.

에세이 『낮 12시』를 독서텍스트로 삼아 깊이 사유한 흔적이 보였다. 독서록 후반부에 "낙타의 생존방식도 긍정적으로 보면 안 되는가. 참 나를 확인할 방법은 무엇인가. 여러 가지 궁금한 점이 많다"는 감상평을 읽곤 수소문 끝에 이 학생이 충북대학교 창의융합 교육본부 의사소통 교육센터에서 주관하는 '책으로 통하다' 독서 모임 팀임을 알아냈다.

독서 모임 담당자에게 전화를 걸었더니 내 작품으로 한창 독서토론 중이라고 했다. 절묘한 순간에 전화를 받은 선임연구원은 스피커폰으로 학생들의 인사를 받게 했고 학생들이 인문학에 관심이 많다는 이야기를 듣고 즉석에서 식사 자리를 주선했다. 열심히 공부하고 아르바이

융합의 식탁

트하는 가운데 틈틈히 책을 읽고 토론의 장을 마련하는 그들이 대견하여 마련한 자리이다.

이십 분 전에 도착하여 책을 읽는데 독서 모임 팀원 중 생물학과 학생이 일찍 와 앞에 앉는다. 그리고는 '낮 12시'의 의미를 묻는다. 표면적으로는 큰 바늘과 작은 바늘이 하나 되는 일치의 시간을 말한다. 즉 물체와 그림자가 하나 되는 허상 없는 시간을 의미하고 이면적으로는 니체가 말한 실존의 시간을 의미하며 차라투스트라에서 언급한 자유와 창조적 주체로 살아가는 사자의 단계이며 어린이 단계라고 덧붙이니 두 눈이 반짝인다. 쉼 없는 대화가 이어질 때 다른 학생이 도착했다. 수의학 전공답게 "생물의 생존이라는 관점에서 본다면 낙타가 더 현명한 것은 아닌가. 혹은 낙타 사자 모두 생존하기 위하여 각자에게 맞는 선택을 한 것은 아닌가"라고 묻는다. 사막을 한 번도 벗어난 적이 없는 낙타와 초원을 인식한 이후의 낙타를 설명하니 학생들의 반응이 고조된다. 그러자 내 작품을 블로그에 올린 그 학생이 도착했다. "참 나는 플라톤의 이데아처럼 어딘가에 존재하는 것인가. 일체의 관습적 제도 인식 등을 제거한다면 남는 그 무엇을 참 나로 볼 수 있는 것인가. 자아라는 것은 외부 세계와의 관계 속에서 형성된다고 할 때, 그 관계의 대상을 다 걷어내면 본능만 남는 건 아닌가." 질문을 던진다. 참 나는 의식하는 내 행위를 내 안에서 관찰하는 전지적인 존재인데 그 참 나를 만나기란 쉽지 않다. '비어있는 존재'로 무념무상의 찰나에 1초 정도 잠깐 파악할 수 있는 존재라고 설명했다. 들어오는 학생마다 폭풍 같은 질문 세례를 던진다. 아마도 전체 장에서 그 부분을 자주 언급한 까닭이다.

　독서 모임을 주관하는 선임연구원이 도착하고 주문한 음식이 하나둘 세팅된 후에도 학생들은 여전히 질문 꼬리를 잇는다. "혹시 주체성이라는 것도 이 시대의 근대가 만들어 놓은 관습이거나 유행은 아닌가"라는 질문에 중세의 신본주의를 벗어나 근대로 접어들면서 과학의 발달과 인간 이성은 새로운 틀을 구축했다. 그 과정에서 수많은 개체가 사멸됐는데 단지 현대로 접어들면서 통찰과 인식 가운데 주체성이 강조된 것뿐이라고 답했다. 토론 내내 긴장을 놓을 수 없는 질문들이 여기저기서 터졌다. 독서 모임을 통해 신장된 학생들의 인문학적 사유 수준이 놀랍다. 학점관리와 취업준비로 여념 없는 시간을 보내는 가운데 밥 먹는 일처럼 지혜의 향연을 펼쳐가는 그들을 보며 대학 내의 인문학 강좌 활성화를 기대한다.

호모 노마드의
탈영토화

질 들뢰즈, 『천 개의 고원』

들뢰즈에 의해 일반화한 리좀Rhizome은 번역하면 잔뿌리를 의미한
다. 그렇다고 잔뿌리라는 것이 상위개념인 큰 뿌리에 빗댄 개념이
아니고 각기 개체가 되기도 하는 독립적인 존재를 말한다.

오래전 질 들뢰즈의 명저 『천 개의 고원』을 만났을 때 받았던 파장은
매우 컸다. 인간종과 이성이 만들어낸 문명과 과학에 대한 의식의 피라
미드가 무너지는 계기였기 때문이다. 제목만으로도 유추하듯이 '천 개
의 고원'은 천 개의 면을 가진 보석이라는 의미로 중심을 두지 않고 각
존재를 그대로 바라보는 다양성의 시점이다. 나무, 뿌리 중심으로 서열
화하는 서양식 대칭구조방식인 나무 해독 구조를 해체한 포스트모더니
즘의 특징을 띤다.

들뢰즈에 의해 일반화한 리좀Rhizome은 번역하면 잔뿌리를 의미한다.
그렇다고 잔뿌리라는 것이 상위개념인 큰 뿌리에 빗댄 개념이 아니고
각기 개체가 되기도 하는 독립적인 존재를 말한다. 모더니즘 시대의 위
계 구조를 해체한 개념이 바로 잔디적 사고인 리좀 구조인 것이다.

그런 사상이 오래전부터 주맥으로 자리 잡은 가운데 경북인성인문학

교육연구소에서 발간한 『인문학적 관점에서 본, 다문화 사회의 이해』는 그동안의 사상을 정리해준 최종 요약본 성격이라서 나름대로 의미 있는 독서 시간이었다.

한때 독일은 미국에서 사용되는 우생학 수단을 모델로 삼아 독일이야 말로 세상의 모든 것들 위에 존재한다는 독설을 내세웠다. 그런 바탕에서 출발한 폭압이 '결함 혈통 방지법' 제정이었고 인종 부적합자 척결이라는 명분의 인종청소였다.

서유럽 제국주의 중심으로 편성된 우열구조와 서구중심으로 제작한 지능검사의 실체를 보면서 인간 종이 지닌 태생적 기질을 떠올린다. 왜 철학이 그리스로부터 태동하고 왜 인문학이 사업을 하는 기업가들의 요청으로 촉발되었는지 들여다보면서 철학의 바탕이 다양성에 있음을 자각한다. 그 길엔 사상적 노마디즘Nomadism 정신이 필요하다. 호모 노마드는 '이동하는 인간'을 의미한다. 유목하는 인간의 초점은 정착하지 않고 집시처럼 늘 흐르는 인간을 말한다. 그러나 그 유목이라는 의미의 상징성은 단지 물리적 공간에만 머물지 않는다. 바람에 묶이지 않고 그물에도 걸리지 않는 자유로운 정신이라면 욕망을 삶의 주춧돌로 세우진 않을 것이다. 거기엔 창조와 융합, 통섭이라는 확산적 사고가 자유롭게 존재하는 까닭이다.

버려진 황무지를 새로운 생산의 땅으로 일궈가는 것, 한자리에 머물더라도 어떤 특정한 가치와 삶의 방식에 붙잡히지 않고 끊임없이 자신을 재창조하는 삶이 호모 노마드적 삶이다.

융합의 식탁

숲이 아름다운 것은 한해살이풀, 여러해살이풀, 관목, 양수림, 음수림 등이 혼효림을 이루기 때문에 조화로운 것이다. 다만 산림전문가와 자본경제학자의 시선에 따라 다르게 평가될 뿐이다. 중심은 서열이라는 위계 구조를 만든다. 그래서 모더니즘 시대의 대칭적 구조는 많은 폭력과 희생자를 낳았다. 나무는 나무대로, 곤충은 곤충대로, 사람은 사람대로 서로 비대칭 구도로 나아갈 때 천 개의 보물들이 각자의 고원을 이루며 건강한 층을 형성한다. 지금껏 야생을 찬탈하고 문명이 만들어 낸 구조엔 거친 야만적 근성만 즐비하다.

이제 기존의 가치관이 정립한 불평등한 체계를 인식하는 데서 진일보하여 탈영토화, 탈구조화가 필요하고 각자 이 세상에 새로운 초석과 출발점을 제시하는 창조자로 거듭나야 한다.

"유약한 영혼은 세계 안의 한 곳에 자신의 사랑을 고정하지만, 강한 사람은 그의 사랑을 모든 곳에서 확장(빅토르 위고)"하기 때문이다. 한 영토에 묶이지 않고 자유로운 삶, 사상이 강인한 자아, 그 자유로운 영혼이 부르는 초원의 노래는 그대로 기도이다.

정글짐에서
세상 읽기

글 한 줄 쓸 수 없고 책 한 권 제대로 읽히지 않는 날들이 이어지는 초하草河이다. 눈을 뜨면 주변이 온통 초록 도서관이다. 퇴고 불필요한 깔끔한 초록 문장들을 읽느라 책장이 달팽이처럼 넘어가는 통에 긴박하게 독서 감상록을 출력했다. 인문학 독서 모임이 있는 날이라 카페로 가는 중이다. 오래된 상수리나무 숲 사이에 위치한 베이커리 카페에 들어서자 바람 스치는 소리가 아쟁 음처럼 튕긴다.

이번 독서 토의 주제는 미국 시애틀에서 활동하는 심리상담사 류페이쉬안의 책 『회복력 수업』이다. '매 순간 넘어져도 기꺼이 일어나기 위하여'라는 부제로 심리를 다룬 자기계발서다. 통유리 가득 환삼덩굴이 액자처럼 드리운 귀퉁이에 자리를 잡으니 산속에 들어온 느낌이다. 차 한 잔을 미리 주문하고 책장을 다시 넘기는데 붉게 밑줄 그은 부분이 보인다.

'이제 커리어는 사다리 형태로 발전하는 것이 아니라 놀이터에 있는 정글짐 형태로 발전한다. 사다리는 위로만 올라갈 수 있기 때문에 앞에 누군가 가로막고 있으면 그 자리에 멈출 수밖에 없다. 그러나 정글짐은 다르다. 목표한 지점까지 갈 방법이 여러 가지고 올라가는 과정에서 다양한 시각과 관점을 접할 수 있다.'

앞으로 MZ세대가 갖는 평균 직업이 12개라고 할 때 기존의 사다리 공식은 이제 고루한 잣대이다. 정글짐 공식의 다양한 창의력 사고가 필요하다. 스티브 잡스나 빌 게이츠도 자신을 키운 건 동네 도서관이며 혼자 있는 시간이라고 강조했다. 혼자 책 읽고 사유하며 키운 사고력이 남들이 가지 않은 잡초 무성한 길을 걷게 한 동력이 된 것이다.

내 삶에도 평균 독서가 차지하는 시간이 제일 높다. 일상의 비릿한 시간이 빠져나가고 세상의 골목마다 가로등 켜지는 어둠이 밀려오면 보면대를 펼치고 독서삼매에 든다. 내 삶의 이상적인 루틴이며 가장 안온한 시간이다. 수업 준비 차 읽어야 할 책도 읽고 싶은 책도 많다 보니 가급적 시간을 허투루 쓰진 않는다.

글을 쓰는 일이 세계 내 존재를 발견하고 이해하는 차원이라면 독서는 삶의 가치를 고양하려는 물길 트는 작업이며 수업 관련 콘텐츠를 개발하는 일이고 학생들에 대한 존중이며 선생으로서의 기본자세이다.

그래서 언제나 글 쓰는 행위와 독서의 교집합은 '생각이 건강한 자기'에 닿는다.

『혼자 있는 시간의 힘』을 쓴 사이토 다카시는 혼자일 수 없다면 나아 갈 수 없다는 혼자 있는 시간의 힘을 강조했다. 세상 모든 위대한 창조 물은 대부분 혼자 있는 시간에 태동했다. 나도 감정선 높은 시인이다 보니 시도 때도 없이 주먹만 한 공허가 눈을 뜬다. 그러나 밀려오는 고 독과 공허를 애써 물리진 않는다. 시가 오면 시로 쓰고 공허가 깊어지면 책장을 편다. 민낯의 나를 만나 감정이 들려주는 몸 상태를 돌보며 회 복하려는 사고 탄력성을 지닌다.

'긴 하루 끝에 좋은 책이 기다리고 있다는 생각만으로도 그날은 더 행복하다.Just the knowledge that a good book is awaiting one at the end of a long day makes that day happier' 미국의 소설가 캐슬린 노리스의 말이다.

일과를 마치고 귀가하여 자발적 외딴 방에서 책 속의 좋은 문장을 만 나는 시간은 정글짐 사유로 확장하는 가장 그윽한 행복이다.

융합의 식탁

몸으로 표현하는 인문학
책 놀이

최재천, 『통섭의 식탁』

'큰 줄기를 잡다'라는 의미의 통섭은 오늘날 서로 다른 것을 한데 묶어 새로운 것을 잡는다는 융합적 사고로 확장한다. 통섭은 학문 간 경계를 뛰어넘고 매체 간 협업을 통해서 큰 줄기를 찾는 방식이다.

몸으로 표현하는 인문학 책 놀이는 입체적 독서를 통한 양면 보기와 전체 보기이다. 입체적 독서 놀이는 지금까지 비판 없이 수용한 근대적 가치들에 대한 편견 깨기와 망치 가함이며 인문학적, 생태학적, 통섭적 사고로의 전환이다.

통섭統攝은 영국의 역사가이며 철학가인 윌리엄 휴웰William Whewell이 그의 저서 『귀납적 과학의 철학』(1840)에서 처음 사용한 낱말로서 에드워드 오스본 윌슨의 『통섭, 지식의 대통합』(1975)을 통해 다시 부각하기 시작했고 한국에서는 윌슨의 제자인 최재천 교수가 다시 풍성한 지식의 반찬이란 부제로 『통섭의 식탁』(2015)을 발간하면서 일반화했다.

무엇보다 21세기 인공지능 시대의 교육 방법론은 소통을 통한 공감 능력과 협업을 통한 창의 능력이다. '큰 줄기를 잡다'라는 의미의 통섭은 오늘날 서로 다른 것을 한데 묶어 새로운 것을 잡는다는 융합적 사고로 확장했다. 통섭은 학문 간 경계를 뛰어넘고 매체 간 협업을 통해서 큰 줄기를 찾는 방식이다.

이렇게 각 분야 간 경계를 허물고 큰 그림을 잡는 통섭적 사고로 전환하는 가운데 독서교육 방식에도 새로운 협업 방식의 필요성을 느낀다. 그리하여 예술교육 전문가 과정에서 학교 내 독서교육 프로그램으로 제안한 발표 주제가 '몸으로 표현하는 통섭형 인문학 책 놀이'이다.

그렇게 많은 공부를 하고 열심히 노동하여 만족할 만큼의 자본을 획득하는 데도 왜 우리는 늘 허기를 느끼는가. 아마도 경쟁 구도로 점철된 야만적 시스템과 우열을 가리는 이분법적 야수 체계를 무비판적으로 습득한 가운데 그 기준에 빗대어 늘 상대평가하기 때문이다. 이 폭력적인 궤도를 수정하지 않는 한 우리나라의 행복 지수는 항상 밑바닥이다. 타자와의 비교를 통한 행복은 종점이 없다. 늘 끊임없이 가동되는 피곤한 노동력만 증폭할 뿐이다. 우리는 이미 행복의 파랑새는 밖에서 찾을 수 없다는 것을 안다. 아무리 다양한 지식과 물질을 소유해도 내 안의 뇌 구조와 인식하는 기준을 바꾸지 않으면 무용지물이다.

이번 도내 한 공립 중학교에서 진행하는 독서교육 특강 시간에 '입체적 독서가 필요한 이유'라는 주제로 언어 매체와 비언어 매체의 협업 독서를 진행할 예정이다. 양면 보기와 전체 보기를 통해 현상을 새롭게 해석함으로 무의식적으로 자리 잡은 우리 안의 편견을 발견하고 문학 장르와 타 장르의 협업을 통해 공동체가 행복한 수평적 세상을 찾아가

융합의 식탁

는 새로운 방식이다.

대니얼 디포의 『로빈슨 크루소』를 패러디한 미셸 투르니에의 『방드르디, 야생의 삶』은 인식 기준을 바꾸는 대표적인 독서토론 텍스트다. 그릇된 상식과 통념들을 전복하고 공동체가 행복한 수평 세상을 만들어가는 것이 21세기 독서교육이 해야 할 급선무다. 최근 광장이라는 형식을 통해 유물 같은 신념들이 빚어낸 슬픈 광경들이 얼마나 많았는가. 제대로 알 권리조차도 상실한 무지無知 역시 공동체의 삶을 피폐하고 파괴하는 폭력으로 작용한다.

미셸 투르니에의 『방드르디, 야생의 삶』을 통해 학생들은 문명과 야생의 정의를 달리 정리하고 행복의 파랑새 공식을 새롭게 정립할 것이다. 방드르디와 로빈슨 크루소를 중립적이거나 각 주체로 보는 시점을 통해 오랜 기간 우리의 눈을 멀게 하고 귀를 먹게 한 잘못된 신념과 가치관을 제대로 조명할 시간을 기대한다.

자본의 상징인 화물을 잃은 다음에야 자유를 찾은 미셸 투르니에의 '로빈슨 크루소'가 하늘 향해 외친 그 큰 울림이 온종일 허공을 맴돈다.

"해여, 나를 중력에서 벗어나게 해다오. 나를 방드르디와 닮게 해다오."

문학은 문장으로
완성한다

최준, 『칸트의 산책로』

깜빡 잊고 해를 그려 넣지 않아서 아침이 오지 않았던 날이 있었
다고, 거미줄에 걸린 달을 놔두고 와서 거미가 죽어버린 까닭에
창문을 열지 못했던 밤이 있었다고, 세상 뒷길만 떠돌다 젖은 마
음 회복하지 못한 채로 흐느적거리며 산 어린 왕자 최준 시인.

깜빡 잊고 해를 그려 넣지 않아서 아침이 오지 않았던 날이 있었다고,
거미줄에 걸린 달을 놔두고 와서 거미가 죽어버린 까닭에 창문을 열지
못했던 밤이 있었다고, 세상 뒷길만 떠돌다 젖은 마음 회복하지 못한
채로 흐느적거리며 어린 왕자처럼 외롭게 살아가는 최준 시인을 우연히
만났다.

문우를 따라 초정리 책의 정원에 들렀다가 최 시인 일행과 조우했고
어쩌다 그 자리에서 1920년대 김기진과 박영희의 내용 형식 논쟁까지
펼친 토론 상황은 문학 밭의 최근 내용, 형식까지 확대하여 이어졌다.
물론 밀가루 반죽이 어떤 제빵 틀에 담기느냐에 따라 빵 모양은 다르
다. 그러나 빵은 밀가루와 물의 농도에 따라 바게트와 카스텔라 형태로
달라지기도 한다. 형식이 내용을 감싸기도 하고 내용이 형식의 영향을

융합의 식탁

받기도 하지만 그 이론을 확장하여 어느 잡지에 등단하느냐에 따라 부족한 내용의 작품도 가려진다는 동향까지 나와 당혹했다.

요즘 아직도 문학세계에서 종종 거론되는 말이 문학공부를 누구 밑에서 하느냐에 따라 작가로서 평가받는 기준이 달라진다고 하니 이 얼마나 기가 막히고 아이러니한 세태인가. 물론 지도하는 이의 영향을 부지불식 받는 것은 자명하다. 그러나 문학은 권력으로 입문하는 장치의 기능이어서는 안 된다. 터번을 두른 학자의 연설은 가설이고 양복을 입은 학자의 연설은 진리일 거라는 어불성설, 미추와 우열, 선악의 가치를 구조화한 전 근대적 형이상학적 인식 기준과 다를 바 없다. 다양성과 차이를 차별로 가두고 노마디즘으로 흐르지 않는 문학인의 자세는 위험하다.

이따금 일반인 대상 '작가와 함께 하는 독서교육이나 문학 산책' 강연에서 현재의 인식 상태와 가치 기준을 점검하고 진행할 때면 매우 당혹스러운 현장을 목격한다. 얼마나 많은 이가 기존 가치 체계를 비판 없이 수용하며 집단의 모범가치로 학습하며 살아가는지 쉽게 확인되기 때문이다.

"그러네. 맞네, 맞아!"

그런데 왜 여태까지 살면서 한 번이라도 뒤집어 생각해 볼 생각을 안 했느냐는 반성이 여기저기 터진다. 그런 다음 평가단계 전의 원형상태에서 다시 바라본 대상은 다양한 생명체들의 생태 물리학 유기구조라는 수평 의식으로 확장한다.

다행히도 기성세대와 달리 요즘 젊은 대학생들은 그나마 열린 의식을 지녔다. 독서토론 첫 강 주제는 왜 독서토론인가. 왜 입체적 독서를 하는 가로 진행하는데 학생들 대부분이 사상이 건강한 자기로 잘 형성하여 세상과 올바른 관계 맺기라고 답한다. 그나마 자기주도 학습으로 열린 세대이다 보니 도시와 원시의 관계를 인공과 자연으로 보는 객관적 시야를 띤다.

문제는 아직도 여전히 바뀌지 않은 전 근대적 사고의 기성세대들이다. 경쟁 구도에서 자연스럽게 성장한 이들은 아직도 애벌레 기둥 행렬에 머물러 있다. 우열 구도를 형성하여 구별 짓고 싶은 욕망에서 태동한 글쓰기는 건강한가. 글밭라인 운운하며 구별 받고자 하는 문학인의 자세와 문학 하는 본질을 묻는다.

내게 문학은 단지 식은 솥단지에 불을 지피는 일의 기능이다. 내 몸의 온도는 물론 유기체로 이어진 공동체의 몸에도 인향이나 글 향으로 삶의 온도를 1도를 높이는 일이다. 즉 비율로 치면 내용을 형식보다 1포인트 높이는 데 있다.

깜빡 잊고 해를 그려 넣지 않아서 아침이 오지 않았던 날이 있었다고 표현한 최준 시인의 시구처럼 그러면 된다. 따뜻함이 들어 있지 않은가. 인향이 배어 있지 않은가. 독자의 가슴에 일으킨 감동으로 문장은 비로소 완성되며 그것이 문학의 내용이며 문학인의 무늬이다.

융합의 식탁

2장

세잔의 사과 본질을 보다

세잔의 사과 본질을 보다

조원재, 『방구석 미술관』

세잔은 「사과와 오렌지」(1899)에서 '나는 겉이 아닌 속을 보겠다'
고 했다. 그는 모든 사물의 형태를 기본 도형으로 구축한다. 사과
는 구, 주전자는 원기둥, 오렌지 그릇은 원뿔로 강조한다.

저 흩날리는 것은 벚꽃인가, 바람인가. 파도를 일으키는 것이 바람이
듯 벚꽃을 움직이는 것도 바람이다. 나이 들수록 현상의 본질을 보는
시야가 입체적으로 확보된다. 오래전 영화 「관상」에서 김내경 역의 송강
호가 한명회에게 던진 대사가 오랫동안 가슴에 소용돌이를 일으킨다.

"그 사람의 관상만 봤지, 시대를 못 봤다. 우리는 파도만 볼 뿐 파도를
일으키는 바람을 보지 못한다"는 말처럼 현상의 본질까지 꿰뚫는 통찰
에 이르기란 절대 쉽지 않다. 똑같은 것을 보면서도 서로 달리 표현하고
심지어는 말조차도 본말 그대로 전달되지 않으니 발화자와 청자의 인식
구조와 해독체계가 각양각색인 까닭이다.

독서논술 수업에서 늘 학생들에게 입체적 안목을 키우라고 강조한다.
즉 현상을 보는 단면적 시각을 넘어 확장된 3D 형식으로 전체를 보라
고 권면한다. 단면적 시각으로는 본질을 볼 수 없기 때문이다. 입체적

독서방식의 기본을 익히는 시간에 제시한 몇 개의 현상 중 파도를 일으키는 본질인 바람까지 접근했을 때 일제히 환호하던 학생들의 모습이 떠오른다.

"선생님, 그럼 처음부터 나쁜 악마는 없겠네요? 악마를 만든 어떤 원인이 있을 것 같아요."

그 원인을 묻자 학생들은 극도로 나쁜 환경이라고 말한다. 그 나쁜 환경이 악마로 만든 원인이기 때문에 원인을 고치면 된다는 입체적 사고이다.

논술 교실만 들어오면 학생들은 말하고 싶어 아우성친다. 온종일도 모자랄 만큼 여기저기 기발한 생각들이 터져 나온다. 그러다 시간이 지나면 아쉽다는 듯 시계를 야속하게 쳐다본다. 그런 모습들에 힘을 받아 수업 준비에 과잉 열정을 보이는지도 모른다. 흩날리는 벚꽃을 바라보다 바람의 본질을 떠올리고 그림을 입체적으로 볼 수 있는 수업을 준비하기 위해 아파트 내 작은 도서관에 들렀다.

조원재의 『방구석 미술관 1, 2』를 찾아 자리에 앉았다. 사과 하나로 파리를 놀라게 한 인상주의 화가 폴 세잔의 그림에 시선이 닿는다. 폴 세잔이라면 벚꽃의 속살을 어떻게 표현할까. 폴 세잔은 기존 모네식 인상주의에서 샛길을 튼 화가로 미술사의 새로운 혁명을 일으킨 인물이다. 자연의 속살을 보는 것으로 그 본질을 파헤치려 한 폴 세잔은 사물이 지닌 불변의 것을 발견하려고 애썼다. 작품 「사과와 오렌지」(1899)에서 '나는 겉이 아닌 속을 보겠다'는 의도가 그 이유이다. 세잔은 모든

융합의 식탁

사물의 형태를 기본 도형으로 구축한다. 사과는 구, 주전자는 원기둥, 오렌지 그릇은 원뿔로 꿰뚫으면서 모든 대상이 지닌 색과 형태를 통해서 본질 표현에 집중하는 입체적 방식이다.

이처럼 사물을 건너뛰는 방식이 아니라 사물 너머의 본질을 보는 방식도 어쩌면 우리 삶에서 지향해야 할 덕목 중 하나이다. 사물의 표면이나 보이는 현상만으로는 우물 안 개구리처럼 본질과 그 속살을 놓치는 오류가 크기 때문이다.

세잔의 사과를 입체적으로 보라고 하면 내게 훈련된 학생들은 아마 붉은빛과 둥근 원을 만든 태양과 바람을 떠올릴 것이다. 그리고 작가가 되겠다는 학생들 중 더러는 '태양의 심장이다. 까치의 뱃속이다'라고 하면서 은유적 표현을 악보처럼 늘어놓을 것이다.

파도를 만들어내는 동력이 바람에 있고 사과의 원형을 만들어내는 본질이 태양에 있다고 통찰한 제자들이 훗날 성인이 된 세상은 우열을 가리는 우매함을 벗어나 천 개의 고원이 각자의 중심을 이루며 조화와 균형을 이룬 세잔의 사과 같은 세상일 것이다.

눈먼 소녀, 이 시대의 자화상

김선현, 『그림의 힘』

마커스 스톤의 「훔친 키스」는 흰 드레스를 입은 여인이 성모상 앞에 놓인 긴 벤치에 피곤한 듯 비스듬히 누워 잠든 모습이다. 양복을 입은 애인이 다가와 측은지심으로 바라보지만, 그 두 사람을 다시 성모마리아가 내려다보는 구도이다.

지금껏 살아오면서 무지개를 본 적이 몇 번 있던가. 더군다나 쌍무지개를….

그림책 도서를 골라 읽다가 김선현 작가의 『그림의 힘』에 수록된 89점의 명화 중에서 몇몇 작품을 골라 다시 세밀한 감상을 시작했다. 그중 영국 화가 존 밀레이의 작품 「눈먼 소녀」와 마커스 스톤의 「훔친 키스」가 잔상으로 남는다.

「눈먼 소녀」의 배경은 앞을 못 보는 소녀와 여동생처럼 보이는 어린 소녀가 황금 들녘을 배경으로 서 있는 장면이다. 자매가 걸터앉은 들녘의 뒷부분엔 두 줄의 아치 모양의 쌍무지개가 선명하게 떠 있고 들녘을 누비는 몇 마리의 새무리가 한가로이 종종거리는 평화로운 분위기다. 존 밀레이 자신이 제목을 '눈먼 소녀'로 정하여 자매로 이해하지만, 언뜻 보

융합의 식탁

면 시각 장애가 있는 젊은 엄마와 초등 1학년 정도쯤 보이는 어린이로 보인다. 둘이 함께 쓴 오렌지 컬러의 솔이 반쯤 젖은 것으로 보아 한차례 소나기가 퍼부은 것 같다. 눈먼 소녀의 무릎엔 피아노 건반을 닮은 악기가 놓여있고 오른손은 보라색 제비꽃 같은 작은 풀꽃을 어루만지는 모습이다. 그 옆의 어린아이가 무지개를 보면서 그 느낌을 자세히 전달하는 장면이다. 두 사람이 입은 옷차림은 낡아 솔기가 뜯어지고 구멍도 보일 정도로 남루하지만, 표정은 한없이 평화롭다.

'눈먼 소녀'와 '쌍무지개'가 의미하는 그림의 깊이 또한 매우 깊다. 시가 은유라는 메타포로 표현하듯이 그림 또한 같은 맥락이다. 어쩌면 눈먼 소녀는 소유하지 못할 욕망들에 갇혀 살아가는 이 시대의 우리 자화상인지도 모른다. 쌍무지개라는 축복이 가까운 곳에서 손짓하는 데도 욕망에 가린 두 눈은 그 현상을 볼 수 없다. 몸에 무거운 장식을 두른 상태로는 스스로가 짊어진 올무 탓에 평화를 만끽할 수 없다. 눈먼 소녀 옆의 어린아이처럼 쌍무지개를 볼 수 있으려면 순수하고 가벼운 상태여야 한다. 욕망에 눈먼 상태로는 신이 우리에게 준 마지막 행복의 봉인을 풀 수 없다.

마커스 스톤의 「훔친 키스」는 흰 드레스를 입은 여인이 성모상 앞에 놓인 긴 벤치에 피곤한 듯 비스듬히 누워 잠든 모습이다. 양복을 입은 애인이 다가와 측은지심으로 바라보지만, 그 두 사람을 다시 성모마리아가 내려다보는 구도이다. 눈먼 소녀와 의자에 기대어 잠든 여인은 아마 열심히 땅 긋기를 하며 살아가는 이 시대 우리의 지친 모습일 것이다. 완전한 인간은 놀이할 때라고 한다. 이 땅의 것은 이 땅의 소산이므로 일용할 만큼만 거두며 가볍게 살 때 놀이하는 인간으로 살 수 있다.

긴 벤치에 앉아 여유롭게 쌍무지개를 바라볼 수 있는 아름다움은 한 줄기 소낙비가 지난 후에 누릴 수 있는 것이다. 비록 코로나 문제로 지구나 인간 모두 강제 휴지기에 들었지만, 이 역경 속에서 우리가 얻는 것도 있을 것이다. 욕망한 만큼 우리는 이번에 많은 것을 잃었지만, 지구가 인간을 향해 건 이 브레이크는 어쩌면 유기체를 살리려는 지구의 강한 몸부림인지도 모른다. 인간과 지구는 하나로 연결된 유기체이다. 뿌리가 상하면 가지도 상한다. 지구가 근육통을 앓으면 인간 역시 몸살나고 각 개체도 발열하는 법이다. 인간 중심의 개발과 욕망이 빚은 참극이지만 이 과정에서 우리는 다시 뫼비우스의 띠와 같은 세상 만물의 구조를 새로 인식할 필요가 있다.

왜 시녀들이라고
했을까

◈

디에고 벨라스케스, 「시녀들」
_____

거울 속에 비친 사람들 모두 공주를 중심으로 둘러있지만, 그것을
바라보는 화가의 시선을 유심히 살펴볼 필요가 있다.

"디에고 벨라스케스의 그림 「시녀들」을 토의 수업으로 다뤄줄 수 있나
요?"

제자의 요청을 받고 그림논술 시간이 돌아왔을 때 이 작품도 함께 다
뤘다. 냉장고 한편에 아트 타일 마그넷으로 붙어 있는 이 그림이 평소
궁금했다고 한다. '공주들'을 다룬 그림인가 해서 검색해보니 '시녀들'이
라고 나와서 아무리 생각해도 제목이 어울리지 않아 부모님께 여쭸더
니 학교 논술 선생님께 물어보라고 했다는 것이다.

4쪽 분량의 활동지를 만들어 그림 속 등장인물이 서 있는 위치를 우
선 스케치해보고 그 과정에서 명암을 준 부분과 서 있는 각도를 분석
하며 각 인물의 특징을 자세히 관찰하였다. '시녀들'에 나오는 인물은 액
자 속 인물까지 총 열한 명이다. 학생들이 토의과정에서 던진 질문은
다양했다.

"마르가리타 공주를 중심으로 그린 것 같아요. 그런데 왜 '시녀들'이라는 제목이 붙었을까요?"

화가는 대부분 자신이 강조하려는 점을 색이나 명암으로 표현하는데 빛이 중앙에 서 있는 공주에게로 몰려 있는 것으로 보아 제목이 이상하다는 것이다. 공주를 중심으로 양쪽에 둘러싼 시녀들이 입은 원피스는 왕족이나 귀족이 입는 고급 의상이고 머리핀도 귀족의 고급 장식이라는 근거이다. 그래서 시녀로 보기보다는 왕족으로 보아야 할 부분이고 만약 오른쪽 난쟁이 부인과 그의 딸인 듯한 어린 여아를 시녀들로 본다면 그럴 수도 있겠다는 의견이 나왔다. 그러자 교실 TV 화면을 오래 바라보던 한 학생이 어린 여아의 발을 자세히 보면 생각이 또 달라질 거라고 반론을 제기했다. 평안한 자세로 앉아 있는 개의 등을 발로 꾹 밟는 듯한 부분이 걸리는데, 그 개가 공주의 반려견이라면 시녀로서 무례한 행동이고, 만약 난쟁이 시녀의 반려견이라면 공주를 보필하는 과정에서 개와 동행은 상식 밖의 행동이라는 것이다. 불꽃 튀는 의견들이 오갈 때 정리해야 할 타임이 되었다.

만약 '시녀들'이라고 고집한다면 '왕족의 시녀 놀이'가 더 어울릴 것 같다. 또 다른 생각은 시녀들이 공주와 친구 놀이를 하느라 귀족 의상으로 갈아입은 것으로 볼 수도 있다. 시녀의 어린 여아가 왕궁의 반려견에게 발을 얹고 놀 정도로 왕궁은 인권이 존중된 곳이다. 권위적인 왕궁이라면 난쟁이 부인 같은 시녀를 공주 곁에 두진 않는다. 거울 속에 비친 사람들 모두 공주를 중심으로 둘러있지만, 그것을 바라보는 화가의 시선을 유심히 살펴볼 필요가 있다. 화가의 가슴에 새긴 십자가 문양과 공주 뒤에 서 있는 수녀와 수사 인물들을 배치한 것만 보더라도 이 작품 의도는 '신 앞의 평등'이라는 의미로 보면 좋을 것 같다는 결론이다.

작가는 자신의 세계를 문장으로 말하고 화가는 그림으로 표현한다. 디에고 벨라스케스의 작품 의도를 떠나 21세기 초반의 우리 학생들이 '시녀들'을 '신 앞의 평등'으로 감상했다는데 가슴이 따뜻해진다.

모두를 그림 일부로 끌어들이는 힘을 지닌 디에고 벨라스케스, 오늘날 후대의 감상자로 하여 그 제목을 완성하려는 목적으로 무제 상태로 남겼는지도 모른다. 삶의 여백을 대면하고 채워가는 자유도 주체의 자유의지에 달렸다. 이 작품이 여전히 비평가의 입에 오르내리는 것도 독자가 참여할 수 있는 열린 작품인 까닭이다.

"그런데요. 1656년경 스페인 왕궁에도 반려견이 일상이었을까요?"

빨강은 멋져,
하지만 파랑도 멋져

캐드린 오토시, 『ONE-1』

눈에 보이는 것만이 전부는 아니다. 빨강도 파랑도 모두 소중한 존재들이다. 다만 빨강이 왜 그런 행동을 하는지 좀 더 관심을 두고 그 원인을 치유해야 한다. 그것이 입체적으로 보면 억울한 파랑들을 줄이는 길이다.

교실 앞문과 뒷문으로 연신 학부모들의 행렬이 이어진다. 코로나 이후 오랜만에 오픈된 공개수업을 참관하기 위해서다. 이전보다 특이한 것은 부부 동반 참관으로 바뀌었다는 점이다. 독서 논술 공개수업으로 저학년은 캐드린 오토시의 『ONE-1』을 주제로 '집단 따돌림 지혜롭게 해결하기'로 잡았고 고학년은 생텍쥐페리의 '어린 왕자'를 주제로 '어린 왕자가 바라본 어른들의 세계와 일곱별의 상징'을 다뤘다. 자녀를 한둘밖에 낳지 않는 시대이고 보니 부모들의 관심도 매우 높다. 당일 주제가 '집단 따돌림 지혜롭게 해결하기' 때문인지 학부모와 학교 관리자들 참석까지 겹쳐 인산인해였다.

대개 작가는 자신의 중심 의도를 책 제목으로 설정한다. 책을 읽기 전 제목과 표지를 오래 살펴본 후 어떤 내용인지 추측해보는 시간으로 오프닝을 열었다. 공부를 제일 잘하는 이야기, 성격이 좋아서 인기가 1등인 이야기 등 다양한 의견이 나왔다. 조용히 듣고 있던 3학년 라임이가 "공부 1등 이야기는 아닐 거야. 선생님은 그런 주제를 안 다루셔, 내 생각에도 공부 1등보다는 인성 점수 1등 이야기일 것 같아. 아니면 착한 일을 제일 많이 하는 이야기든지.

5분 정도 끌었을까. 빨리 이야기 들려달라고 재촉하는 눈빛에 책을 펼쳤다. 책 표지로 보아 이야기 속 주인공은 파랑이다. 파랑은 조용한 아이다. 그런데 늘 화가 많은 빨강은 얌전한 파랑을 괴롭히기 일쑤다.

"빨강은 멋져, 하지만 파랑은 멋지지 않아."

그러나 주변 색인 노랑, 초록, 자주, 주황은 그 둘 사이의 문제를 알면서도 묵인한다. 그때 숫자 1이 나타나 빨강의 행동을 제지하고 숫자놀이로 지혜를 발휘한다. 1이 빨강에게 'NO'라고 단호하게 말하자 1의 용기를 따라 다른 색들도 참여하면서 1, 2, 3, 4, 5 점점 숫자로 변한다. 그러자 빨강의 괴롭힘을 묵묵히 견디던 파랑도 입을 연다.

"빨강은 멋져, 하지만 파랑도 멋져"

지혜로운 반론으로 파랑도 6으로 변하고 빨강의 위력은 점점 줄어든다. 1의 관용으로 빨강도 숫자 7로 변하고 모두는 대열을 이루며 수평으로 펼쳐진다. 구연동화를 마치고 네 명씩 짝을 지어 핑퐁 토의하며 활동지를 정리하는 시간이라 부모들도 자유롭게 돌아보며 학생들의 토의 장면을 지켜봤다.

첫째, 빨강, 파랑, 노랑, 초록, 자주, 주황이 서로 다른 색인 것처럼 우리도 서로 다른 사람임을 이해해야 해.

둘째, 대부분 우리도 노랑, 초록, 자주, 주황처럼 행동하잖아. 1과 같은 용기가 필요해.

셋째, 빨강이의 행동에도 이유가 있을 것 같아. 왜 그런 행동을 하는지 관심 두고 접근해 봐야 해.

교실 안이 시끌벅적하다. 모두 조금씩은 경험이 있는 듯하다. 한 번씩은 빨강도 파랑도 된 적이 있단다. 그런데 1이 된 적은 없다니 괜한 참견으로 자기까지 피해 보는 게 싫다는 이유이다. '그 대상이 나라면' 빨강과 파랑이 되어보는 두 가지 역할 놀이 활동은 모두를 숙연케 했다. 거리를 좁혀보면 체감온도도 다르다. 공개수업이 끝나고 교실을 정리하는데 맨 뒤 책상에 편지가 놓여있다.

"우리 반의 빨강이가 논술 반에서 맨 앞에 앉아 진지하게 토의하는 모습을 보고 깜짝 놀랐어요. 그 아이의 다른 모습을 발견한 좋은 수업이었네요."

학부모인 줄 알았는데 교실 담임이었다. 눈에 보이는 것만이 전부는 아니다. 빨강도 파랑도 모두 소중한 존재들이다. 다만 빨강이 왜 그런 행동을 하는지 좀 더 관심을 두고 그 원인을 치유해야 한다. 그것이 입체적으로 보면 억울한 파랑들을 줄이는 길이다.

왜 우리는 평면만 보는가

김지혜, 『선량한 차별주의자』

생각 없이 쓰는 말 중의 하나이며 어쩌면 고급 의사표현으로 착각
하며 쓰는 말 중 하나가 '결정 장애'일 것이다.

"결정 장애라는 말을 처음 들었을 때 나는 재미있다고 생각했다."

이 문장은 인권 문제를 다룬 김지혜 작가의 『선량한 차별주의자』를 여
는 첫 문장이다. 선량한 시민은 차별을 하지 않는다고 믿는 그 선량한
사람 속에 무의식적 차별을 하는 본인도 있다는 반성적 고백이다. 일상
에서 생각 없이 쓰는 말 중의 하나이며 어쩌면 고급의사표현으로 착각
하며 쓰는 말 중 하나가 '결정 장애'일 것이다.

"혹시 결정 장애 아니야?"

무심코 쓰는 이 결정 장애라는 말은 누구나 한 번쯤 사용한 기억이
있을 것이다. 이렇듯 우리가 쓰는 일반 언어 중 차별성 언어들이 부지기
수다.

"한국인 다 됐네요."

이 말은 이주민이 가장 싫어하는 말 중 하나라고 한다. 주체가 누구냐

에 따라 의미 해석이 달라진다. 한국인의 관점에서 칭찬이라면 이주민의 관점에선 자신의 정체성을 공격하는 네거티브 표현으로 작용할 수 있다. 어쩌면 이주민 대개는 굳이 뼛속까지 한국인이 되고 싶은 생각은 없을지도 모른다. 역으로 미국에 거주하는 한국인 보고 "미국인 다 됐네요"라고 했을 때 온전히 긍정적인 의미로만 받아들이진 않을 것이다. 한국에 살든, 미국에 살든 자신의 정체성만은 유지하려는 것이 인간의 본능이다.

"희망을 가지세요."

역시 장애우들이 가장 싫어하는 차별성 언어 중 하나란다. 칭찬 같지만 달리 해석하면 당신은 지금 희망이 없는 사람이라는 의미로도 전달되기 때문이다. 언어는 발화자 중심의 표현이다. 그러므로 발화자나 수용자 모두 같은 의미로 해석하진 않는다.

인간 중심의 사고체계 전복을 주장한 학자 중 미국의 페미니스트 성향의 테크놀로지 역사가 '도나 해러웨이'는 공산 사유를 주장하고 사이보그 관점에서 인간을 탐구한 독특한 인물이다. 기존 구질서가 체계화한 인간과 동물, 인간과 기계의 관계를 인식하는 주체와 인식당하는 객체로 구조화한 기존 가치를 전복하고 모든 존재가 공생하는 수평적 동류항으로 인식한다. 그는 인간과 개 사이를 인간 중심의 해석인 반려견으로 보는 것이 아니라 반려 종으로 정정해야 한다고 주장한다. 인간이 개를 보듯 개가 인간을 볼 때 수평적 의미로서의 반려 종이라는 해석이다. 소나무도 땅속의 균류와 연합하여 자신의 생명을 생산하듯 이 세상

융합의 식탁

에 저 홀로 독생하는 것은 없다는 의미이다.

　이전까지 이 세상을 해석하는 기본 구도는 대체로 인간 중심, 남성 중심, 서양 중심, 백인 중심, 수도, 도시 중심이었다. 그래서 여성의 인격은 무시되고 자연은 함부로 파괴되고 동물은 무차별 살육되었다. 인간이라는 정답, 그 시대를 지배하는 기득권층이 생산해낸 보편적 가치, 그것을 정답으로 여기며 단편적 사고에 무차별 길든 까닭에 현상을 바라보는 입체적 시각이 닫혀있다. 잘못 구조화한 기존 가치가 해체되고 탈중심으로 가는 이때 이질적인 것들의 융복합 사고를 권장한 도나 해러웨이의 사유는 많은 의미를 남긴다.

　여전히 우리는 '선량한 차별주의자'라는 진단에서 자유롭지 못하다. 일반적으로 쓰는 출산율, 유모차, 여선생, 여학교만 떠올려 보더라도 누구 중심으로 해석된 언어인지 짐작이 가능하다. 이 세상은 하나의 유기체 구조를 이루는 음양의 총합이므로 도미노처럼 하나가 무너지면 이웃하는 고리도 무너진다. 세상을 평면적으로 보지 말고 태극 원형의 순환고리처럼 입체적으로 보는 시각과 일반적으로 쓰는 차별적 언어부터 교정하면서 수평으로 가는 공동체 의식을 지닐 때 극대화한 개인의 행복도 있다.

어둡던 달나라를 빼곡히 채우려면

박방희, 『보름달』

소년이 작은 모퉁이에서 발견한 민들레꽃씨, 앙증맞은 입으로 후
~후 하고 불 때마다 회색빛 도시 공간에 별이 뜬다.

그날도 우린 방바닥이 지글지글 끓는 이불 속에 다리를 묻고 앉아 두
런두런 책 이야기를 나누었다. 삶은 달걀과 꼬마김밥으로 저녁 허기를
채우고 최근 자신이 읽고 감명받은 도서들을 꺼냈다. 나는 요즘 하루 1
작품 내 방에서 즐기는 유럽 미술관 투어라는 부제로 이용규 외 네 명
의 작가가 풀어쓴 『90일 밤의 미술관』을 읽는 중이라서 무엇보다 그림
책 이야기에 관심이 컸다.

그중에서 황 평론가가 추천한 시 그림책 『보름달』은 빨리 읽고 싶은
마음에 그 자리에서 주문을 넣었다.

누군가 내게 가장 좋아하는 것이 무엇이냐고 물으면 난 언제나 노란
달과 온갖 별이 무수히 깜박거리는 밤하늘이라고 말한다. 보름달은 넉
넉해서 좋고 초승달은 여백 있어 좋아한다. 꼭 수집하고 싶은 것이 있
다면 아마도 달 그림일 것이다. 주문한 책이 도착했다는 문자를 받고

서둘러 집으로 향했다. 현관문 밖에 책이 도착해 있다. 두근두근 설레는 마음으로 집어 들곤 곧장 서재로 향했다. 외출할 때 입었던 원피스 복장 그대로다. 성인 문학을 하지만 아동문학은 내게 최고의 휴식처이며 말끔히 피로를 풀어주는 상큼한 비타민이다.

"봄날, 깃털에 싸인 민들레 씨가 둥둥 달에까지 날아갔어요. 여기저기 민들레가 번지며 노란 꽃을 피웠어요. 어둡던 달나라가 환해졌어요."

박방희 시인의 시 그림책 『보름달』은 세 줄 문장이 전부이다. 그러나 시 그림책이 들려주는 이야기는 무한대로 열려 있다. 칠흑 같은 도심 속 작은 소년이 노란 가방을 메고 어둑어둑한 길을 걸어간다. 소년이 작은 모퉁이에서 발견한 민들레꽃씨, 앙증맞은 입으로 후~후 하고 불 때마다 회색빛 도시 공간에 별이 뜬다. 민들레 꽃씨는 슬레이트 지붕에 별처럼 피어나고 콘크리트와 밋밋한 벽돌 사이에도 노랗게 피어 삭막한 도심을 밝힌다. 흰둥이가 무심코 올려다본 창가에도, 폐지를 리어카 가득 싣고 가는 노인의 머리에도 노랗게 피어난다. 집 앞 골목의 가로등에도 로드킬roadkill당한 어미 노루의 몸에도 내려앉아 노란 꽃, 노란 별로 피어나고 뜬다. 그렇게 피어난 것들이 달까지 날아올라 어둡던 달나라를 빼곡하니 채운다. 민들레꽃으로 가득한 보름달은 팝콘처럼 부풀어올라 여기저기 무수한 별들을 만들어낸다.

가슴 따뜻하게 적셔주는 보름달의 여운이 깊다. 소년이 될 것인가. 민들레 씨로 퍼질 것인가. 자기 왕국 경영만 잘해도 건강한 시민으로 잘 사는 길이라고 했던 내가 처음으로 창문을 닫고 대문 밖 세상에 관심을 두게 한 이정표로의 그림책이다.

갈수록 마음속 등불이 스러지는 중이다. 점점 심기가 어둡고 불편한 건 내가 사는 이 세상이 점점 알곡보다 가라지가 많아지는 까닭이다. 종교나 정치 모두 매한가지다. 그 자본주의적 탐욕과 권력에 눈먼 이리들, 정의는 실종되고 도덕성은 이미 박제가 된 상태고 사람들 사이엔 마치 그것이 전체주의처럼 집단 무의식의 원형처럼 자리한다.

갈수록 교육 밖 세상은 도덕성이 결여된 카오스적 혼돈이다. 올해는 중요한 선택을 해야 하는 해이다. 요란스레 덜컹거리는 빈 수레들을 의심한다. 품은 덕이 많은 사람은 강풍에도 흔들림 없이 묵묵히 제 세계를 지향한다.

며칠 잡고 있던 책을 내려놓고 창문 활짝 열어 밤하늘을 본다. 소년이 민들레꽃으로 가득 채운 보름달이다. 올해는 제발 화려한 말 장식 없이도 후미진 곳에 피어있는 민들레꽃 하나에 눈을 걸며 꽃씨를 후~후 불어 날릴 줄 아는, 도심 속 불 꺼진 창문 앞을 서성이며 걸음을 멈춰 볼 줄 아는, 그런 이들과 함께 보름달을 채우고 싶다.

융합의 식탁

우리에게 단군신화는 어떤 의미인가

SBS 스페셜 제작팀, 『다른 게 나쁜 건 아니잖아요』

레슬리 벤필드 씨는 한국의 거의 모든 것을 사랑했지만, 단일민족
이라는 한국인의 믿음은 이해할 수 없었다. 그리고 그녀는 언젠가
이 믿음으로 한국 사회가 큰 문제를 겪게 될 것이라고 걱정했다.

얼마 전부터 테마별 시리즈 독서를 하고 있다. 양성평등 문제, 청소년
문제, 소외된 노인 문제 시리즈에 이어 이번엔 우리 사회 다문화 현상과
지구촌 다문화 양상을 살펴보는 시리즈 독서이다.

"레슬리 벤필드 씨는 한국의 거의 모든 것을 사랑했지만, 단일민족이
라는 한국인의 믿음은 이해할 수 없었다. 그리고 그녀는 언젠가 이 믿
음으로 한국 사회가 큰 문제를 겪게 될 것이라고 걱정했다."

SBS 스페셜 제작팀이 발간한 아름다운 공존을 위한 다문화 이야기인
『다른 게 나쁜 건 아니잖아요』의 한 문장이다. 한국인의 기저엔 단군 혈
통이라는 단일민족사관이 팽배하다. 국가 위기 때마다 이 사상은 국민
을 하나로 통합하려는 구심점으로 사용되곤 했다. 혹자는 말한다. 21세
기를 살면서 아직도 민족주의를 운운하느냐고…? 민족주의라는 결속은
순기능도 있지만, 이따금 나라 발전을 방해하는 역기능으로 작용한다.

영국 옥스퍼드 대학은 대한민국을 전 세계에서 인구문제로 가장 먼저 소멸하는 나라 1위로 거론했다. 현재 한국의 출산율은 0.8%인데 이대로라면 빠르면 2,300년엔 한국의 마지막 인간이 사라질 것이라고 발표했다. 인구수가 국가의 큰 자본으로 떠오르는 이유는 갈수록 출산율이 저조하기 때문이다. 물론 출산율이 바닥을 치는 이유는 경제적인 영향도 한몫한다. 성실히 일하며 한발 한발 오른 계단의 결과가 좋게만 나타난다면 무슨 걱정이랴. 타는 사람은 타고 안 타는 사람은 교묘히 에스컬레이터로 빠져나가는 옻나무법에 대한 체감도 크다. 이대로 결혼 포기, 출산 포기가 계속된다면 다음 수순은 국가의 전멸이다.

저울 계수를 떠나서라도 이제는 근시안적 사고를 탈피하여 빅픽처를 보는 코페르니쿠스적 전환이 필요하다. 책의 중심 주제는 다양한 사람들이 공존하는 다문화 시대엔 씨알 그대로 보며 본질적 가치를 꿰뚫는 통찰이라고 본다. 읽는 내내 '차이를 차별로 연결하는 것은 인간 본연의 심성이 아니라 사회적으로 훈련된 행동양식'이라는 문장이 센 망치를 가한다. 인구 절벽으로 가는 시점에서 단일민족사관으로 훈련된 순혈주의 행동양식은 어떤 기능을 하고 있는가.

학교 교과서에도 단일민족이라는 말이 이미 사라진 지 오래여서 아이들끼리도 경계 짓기를 하지 않는데 여전히 어른들 사이에선 단일민족 사상을 고집하는 부류들이 절반을 넘는다. 신념처럼 학습 받은 세월이 있으니 바꾸기 쉽지 않지만, 건국신화로서의 단군신화를 재조명해 볼 필요성은 있다. 21세기 다문화 사회로 가는 길에 또 다른 쇄국의 빗장

융합의 식탁

으로 작용해 국가 성장을 저해해선 안 된다.

학연, 지연 중심의 계보주의도 다르지 않다. 낯선 사람을 처음 만날 때 먼저 고향과 학벌, 직업을 묻는 일이 순차 코스가 되었다. 이를 바탕으로 형성한 위계구조는 또 하나의 패거리주의를 이루면서 정수를 가리는 편견의 잣대가 되고 법의 형평성을 깨뜨리고 옻나무법을 만들어낸다. 약한 자에게는 강하고 강한 자에게는 약한 옳지 못한 습성은 동남아시아계를 바라보는 시각과 유럽계 백인을 바라보는 시각에도 그대로 작용한다. 한때 아메리칸 드림을 안고 미국으로 독일로 건너갔던 우리 선조들을 생각하면서 역지사지할 일이다.

다문화 사회로 가는 길, 이제 단군을 구심점에 둔 단일민족사관의식은 한국의 미래를 어둡게 하는 장애요소로 떠올랐다. 인구는 그 나라의 큰 자본으로 회자되는 시대이다. 이제는 다문화 사회의 순기능을 찾아 잘 신장하여 선진국으로 가는 디딤돌로 다질 때이다.

인간 중심의 궤도,
이제 그만

재레드 다이아몬드, 「총균쇠」

1532년 스페인의 정복자 피사로가 페루의 고지대 도시인 카하마르카에서 168명의 군사로 8만 대군의 잉카 황제 아타우 알파의 군대를 짧은 시간에 전멸한 것은 말과 총의 영향보다도 스페인 군대가 자연스럽게 옮긴 가축 병원균 때문이다.

온통 사방이 황금빛을 띠는 들녘 한가운데 서 있다. 조만간 트랙터 한 대가 들어와 휙 훑고 나면 공룡 이빨 같은 큰 건초더미를 뚝뚝 떨어뜨리고 사라질 것이다. 논둑을 스칠 때마다 떠날 때를 아는지 메뚜기 떼들이 풀쩍풀쩍 낟알처럼 튕긴다. 올해는 유난히 장마 기간이 긴 까닭에 메뚜기 개체 수가 더 많은 것 같다. 얼마 전 아프리카 케냐 북부에 출몰한 거대 메뚜기 떼가 중국의 윈난성까지 습격하면서 식량난 우려가 컸다. 농업 혁명과 잉여생산물, 그리고 정복 전쟁과 가축 균의 인간 침투와 진화, 이래저래 임계점이다.

"왜 우리 흑인들은 백인들처럼 그런 '화물'(발명품)을 만들지 못한 겁니까?"

파푸아 뉴기니의 한 정치인이 미국의 과학자 재레드 다이아몬드Jared

융합의 식탁

Diamond에게 던진 물음이 깊은 파장을 남긴다. 은연중 우리도 서구 문명에 빗댄 열등의식을 잠재적으로 품은 까닭이다. 요즘 코로나 때문에 균에 대한 궁금증이 발동하여 다시 『총균쇠』를 꺼내 읽었다. 저자는 민족마다 역사가 다르게 진행한 것은 각 민족의 생물학적 차이 때문이 아니라, 환경적 때문이라고 밝힌다. 확언하면 우생학적 특질로 볼 것이 아니라 지리적, 기후적 특성으로 보는 환경결정론이라는 의미이다.

비옥한 초승달 지대의 식물군의 이점은 겨울은 온난 다습하며 여름은 길고 건조한 지중해성 기후대에 속한다는 점이다. 이 지역은 기름진 토양과 기후 덕분으로 야생 식물 작물화와 야생 동물 가축화에 용이했고, 이를 통해 대량 생산이 가능하여 잉여 생산에 따른 자원 축척과 잉여 시간으로 전문 직업이 출현했다. 농작물 기록을 위한 문자 발명과 농기구 개발은 강철 발명으로 이어지고 결국 식민지 개척으로 이어졌다.

그러나 가축을 이용한 농작물 잉여는 부정적인 면도 남겼다. 가축은 인간에게 자신들의 병원균을 옮기면서 인간을 또 다른 숙주로 삼았다는 점이다. 식민지 개척은 쇠, 총, 즉 강철의 역사라지만 궁극적으로 균의 침투로 인한 균 전쟁이라고 할 수 있다.

국가 간 빗장을 걸게 하고 전 세계의 경제를 마비시킨 코로나바이러스 출현은 예상 못 한 재앙은 아니다. 1532년 스페인의 정복자 피사로가 페루의 고지대 도시인 카하마르카에서 168명의 군사로 8만 대군의 잉카 황제 아타우알파의 군대를 짧은 시간에 전멸한 것은 말과 총의 영향보다도 스페인 군대가 자연스럽게 옮긴 가축 병원균 때문이다.

그러고 보면 균의 역사도 인간의 문명 속도만큼 빠르게 진화한다. 앞으로 더는 인간 중심의 경제성장으로 욕망할 때가 아니다. 지구 환경문제와 인간의 문명 발달 문제는 정비례할 수 없는 부분이다. 코로나바이러스의 출현은 여러 면에서 인간 중심의 궤도를 많은 부분 수정케 했다. 인간이 빚은 욕망은 누린 만큼 치러야 할 고통도 많다는 메시지를 남겼다.

재레드 다이아몬드의 『총균쇠』에 반하여 역사학자 유발 하라리Yuval Harari는 『호모 사피엔스』를 통해 농업혁명은 인간을 끊임없이 노동하는 존재로 만들고 가축에서 출현한 병에게서 벗어나지 못하는 나약한 존재로 만들었다고 부정했다. 단지 농업 때문에 그랬을까? 그 어떤 경우라도 우리는 욕망한 만큼의 대가를 치를 수밖에 없다. 해답은 인간 중심의 궤도를 수정할 수밖에 없다.

융합의 식탁

코르셋 벗은 노라

헨릭 입센, 『인형의 집』

결혼 8년 동안 한 번도 당신과 진지하게 대화해 본 적이 없어요.
남편의 말을 잘 듣는 착한 아내로만 살았어요. 한 번도 행복한 적
이 없어요.

언젠가 골든타임 뉴스를 시청 중에 커다란 안경을 쓴 여성 앵커의 출
현에 잠시 당황했다가 곧 긍정적인 시각으로 관련 기사를 살펴본 적이
있다. 요즘 탈코르셋과 탈갑옷 운동으로 여자다움과 남자다움의 경계
가 허무는 중이다. 여자다움을 상징하는 코르셋과 남자다움을 상징하
는 갑옷은 우리가 성장하면서 각자의 성 역할로 자연스럽게 학습 받은
것들이다. 예쁘고 가녀린 여성, 명예롭고 강인한 남성에서 벗어나 저마
다 정체성을 찾는 긍정적인 의식이다.

요즘 젊은 층 사이에서 파도처럼 일어나는 양성평등 운동을 긍정적으
로 바라본다. 저마다 주체로서의 건강한 삶을 지향하니 머지않은 날에
모두가 행복한 수평 세상도 봄처럼 열릴 것이다.

중국 철학사상가 이지(이탁오)는 인간평등의 철학적 논리를 내세운 보
기 드문 선진의식을 지닌 인물이다. 공자가 여자와 소인은 기르기 어려

우니 가까이하면 불손해진다는 편향적 여성관을 보일 때 이지는 가부장적 기준을 정립한 공자적 여성 편향에 대적하며 식견에 남녀 차이가 없음을 피력했다. 그 이유로 손발톱을 뽑히는 고문을 받으며 목숨을 잃고 관련 저서는 분서되었지만, 그의 선진의식이 오늘과 같은 양성평등의 물꼬를 텄다.

이제는 남성이나 여성 모두 자신을 불편하게 하는 왜곡된 가치관에서 벗어나 자기 계발과 자아실현에 높은 비중을 두는 추세이다. 각 학교와 직장에서도 인문학 강좌가 늘고 모두가 행복한 사회를 위한 비경쟁 토론방식도 활발하다. 행복한 사회를 위해서는 복지제도 마련보다 올바른 시민의식이 먼저이다.

백설 공주 같은 여성 이미지가 무너지면서 남성 중심의 기존 도덕이 만들어낸 성 틀도 전복 중이다. 여성해방의 발아점이 된 1879년 노르웨이 극작가 헨릭 입센의 희극 『인형의 집』은 근대 여성관을 표명한 대표작이다. 주인공 노라의 '인형의 집' 탈출은 자의식의 회복이며 자신의 정체성을 찾아가는 여정이다.

"결혼 8년 동안 한 번도 당신과 진지하게 대화해 본 적이 없어요. 남편의 말을 잘 듣는 착한 아내로만 살았어요. 한 번도 행복한 적이 없어요."
"남편의 말을 잘 듣는다는 게 착한 거야? 당연한 거지. 그리고 진지한 대화가 당신에게 어울리기나 해?"

노라와 헬머가 나눈 극 중 일상 대화를 통해서 당시 사회적 여성관을

융합의 식탁

짐작할 수 있다. 노라는 결혼 전엔 아버지의 인형이었고 결혼 후엔 남편의 인형으로 살았을 뿐이라며 심경을 토로한다. 변호사인 남편은 명예를 소중히 여기는 인물로 늘 언제나 노라를 종달새라 부른다. 가정부가 살림을 도맡아 하는 부유한 가정에서 코르셋 두른 드레스를 입고 우아한 생활을 해온 아내의 독립선언에 아연실색한 헬머, 그 시대의 성 역할로 볼 때 당연히 황당했을 것이다.

"나도 당신과 똑같은 인간이에요."

문을 쾅 닫고 나가는 것으로 극은 막을 내린다. 당시 '인형의 집'을 나온 노라를 자의식을 찾아가는 신여성으로 상징했고 이 작품의 영향으로 미국에서는 대대적인 여성해방운동이 확산되었다.

남성 중심의 가치관이 만들었든 여성 스스로 학습했든 코르셋을 벗어 던진 인형들의 건강한 의식이 반갑다. 이제 양성평등은 이론에서 행동 실천으로 나아가는 중이다. 모두가 수평인 세상, 양성평등으로 가는 길엔 우리 모두의 의식 수정이 필요하다.

시인 탐구
보고서

김경주, 『나는 이 세상에 없는 계절이다』

외로움이라는 인간의 표정 하나를 배우기 위해 산양은 그토록 많은 별자리를 기억하고 있는 지도 모른다.

시인들은 이 세상에 없는 낱말과 계절을 찾아 순례하는 문장 등반가들이다. 때로는 쉼표나 마침표 같은 문장 부호 하나에 의미를 부여하고 나뉜 연에서 행간의 의미를 읽으며 무수한 우주어를 만들어내는 형이상적 존재들이다. 그들의 머리엔 코스모스 뿌리 같은 가느다란 회로가 다발처럼 엮여 있고 동맥 같은 감성 회로는 비대한 심장을 둘러싸고 휴지(休止) 없이 가동 중이다.

이미 고대 그리스의 플라톤으로부터 쫓겨난 시인들은 허공에 둥지를 틀고 날아가는 새 무리에서 우거진 숲을 감상한다. 하늘을 이불 삼고 장자처럼 살아가는 시공간 밖 4차원들이다. 그들이 보는 허공(虛空)은 허공이 아니라 무수한 동맥들로 그물을 드리운 **빽빽한** 공간이다. 그들에겐 가슴 부위에 심안(心眼)이라는 곁눈이 또 하나 발달했기 때문이다.

세상이 혼탁하면 어떤 이는 세상으로 들어가 몸으로 문장을 빚고 어떤 이는 촛불 아래서 각혈을 하고 어떤 이는 매화초옥에 몸을 가둔다. 시대가 겨울이면 시인들은 흰 눈처럼 상복을 입고 폭포가 된다. 펜을 덮고 몸으로 문장이 되는 사람들, 촛불 하나에 눈을 건 채 몽상으로 날밤을 새울지라도 타고 남은 재 하나에 새로운 우주어를 붙인다.

그러나 여기 이 소인은 아직도 매화초옥에 몸을 가두고 붉은 속살에 씨를 심으며 시를 캐는 방외인方外人으로 살고 있으니 아직 곁눈을 만들지 못함이다. 이따금 역린을 스치는 문장들을 등반하며 턱 아래 거꾸로 난 비늘을 건드릴 뿐이다.

"외로움이라는 인간의 표정 하나를 배우기 위해 산양은 그토록 많은 별자리를 기억하고 있는 지도 모른다."

김경주 시집 『나는 이 세상에 없는 계절이다』에 나오는 한 문장이다. 그는 지구에 내려온 외계인이다. 외계어로 통념의 언어를 사살하며 소리를 시간처럼 배열한다. 그가 탐색하는 시공간은 크로노스의 계절이 상실된 공간이다. 외계와 내계를 드나들며 소리를 채록하는 사람, 김 시인이 사물의 속살을 만지고 간 자리에는 비린내가 진동한다. 사물에도 피부를 입히고 무정물에도 호흡을 부여하며 인간의 시점을 철저히 전복한다. 그는 모국어 중 홑 단어인 열, 물, 곁, 결 등을 즐겨 쓴다. 그는 열을 가진 자, 마르지 않은 자라야만 올라갈 수 있는 외계에서 시간, 그늘, 바람, 소리들 곁에서 결을 만지고 글썽거리며 떠는 삶이다.

비존재로 묻힌 것들에 소리와 색을 입히려고 스스로 골방에 갇혀 사는 시인, 그의 두 눈에 고인 강물은 눈물 같은 열로 기화하여 외계를 자유롭게 출입하는 열쇠이다. 그는 대상들의 눈을 통해 내계를 염탐하는 돌연변이적 감수성을 지닌 시간 밖 외계인이다.

언어로 언어를 죽이는 시인, 그는 문장 밖 시인이다. 그의 시에는 소리와 열, 바람의 시간만이 악보처럼 흐른다.

"나 없는 빈방에서 나오는 그 시간이 지금 내 영혼이다. 나는 지금 이 세상에 없는 계절이다."

시인의 비유대로 시인은 정말 이 세상에 없는 계절이다. 시인이 울리는 메아리는 삶이 닿지 않는 곳으로 가 젖기 때문이다. 시인이 느끼는 물리적 계절과 그들이 지닌 사단칠정四端七情은 보편적인 해석으로는 불가능하다. 연암 박지원이 「호곡장론」에서 울음과 웃음을 하나로 보는 것과 같은 맥락이다.

시인들이 시공간의 경계를 드나들며 마음껏 시어를 채록하는 무한한 우주야말로 시인들에겐 '통곡하기 좋은 울음 터'다. 그들이 건져 올린 수많은 시어도 지구의 촉수를 밝히는 일이다.

융합의 식탁

군자는 큰 그림을 그린다

SBS 드라마, 〈낭만닥터 김사부〉

우리가 왜 사는지 무엇 때문에 사는지에 대한 질문을 포기하지 마라. 그 질문을 포기하는 순간 우리의 낭만도 끝이 나는 거다.

코로나^{COVID 19} 사태로 전 세계가 단일 주제의 질병코드와 사투를 벌이는 중이다. 14세기 중세 유럽에서 발생한 흑사병과 2009년 신종인플루엔자 A도 팬데믹을 선언한 세계적인 질병이다. 감염된 쥐벼룩을 통해 시작한 흑사병(페스트)은 1347년부터 1351년까지 4년 사이에 2천만 명에 육박한 희생자를 발생시킨 세기말적 대재앙이었다.

그 이후 영화계에서는 병균 관련 바이러스를 다룬 영화들을 많이 제작했고 2018년 미국 슈이츠 감독이 제작한 팬데믹^{Pandemic}은 많은 공포를 남겼다. 레이첼 니콜스가 주연 의사 로렌 역으로 활약하는 이 영화는 몰락한 뉴욕에서 LA로 이동하여 가족과 생존자를 구하기 위해 사투를 벌이는 내용이다. 보호복과 카메라를 장착하고 무차별적 감염자들 속으로 들어가는 이들을 보며 이번 코비드 19로부터 인명을 구하기 위해 목숨 걸고 사투를 벌이는 흰 보호복 차림의 긴박한 현장을 떠올린다. 잠잘 시간과 밥 먹을 시간, 심지어는 미장원 갈 시간도 없어 하얗게 올라온 반백의 머리로 국민 앞에서 브리핑하는 질병관리청장, 확진 의심을 받고 격리된 젊은 의사들이 의료진 부족으로 어려움을 겪는 현장 소식에 자신들을 투입해 달라고 호소하는 장면, 24시간 접촉 가능자들의 행선지를 꼼꼼 체크하며 확산을 최소화하기 위해 밤낮 쉴 새 없이 분투하는 국가기관 관계자들, 코로나 사태가 사라질 때까지 건물 임차료를 경감하거나 받지 않겠다는 건물주들, 확진 의심을 받고 자가 격리된 이웃 현관문에 힘내라는 메시지와 먹을 것을 걸어놓는 사람들, 이런 사람들이 아직은 더 많은 나라이므로 모두 일사불란하게 따르는 중이다.

빌 게이츠의 우려처럼 앞으로는 세계 각국이 협력하여 미사일보다 미생물 연구에 더 공동 전념해야 할 때이다. 그의 주장처럼 핵무기보다 더 무서운 바이러스는 팬데믹으로 전 세계인의 절반 목숨을 위협할 수 있기 때문이다. 지구촌 한 지붕이라는 특성상 이제 오늘날의 바이러스는 공간과 시간을 뛰어넘는다. 인간의 문명이 발달하는 만큼 바이러스 또한 신종 형태를 띠며 강력한 숙주를 찾아 새로운 변종을 모색한다. 세계는 이미 도미노처럼 영향을 주는 유기구조를 띤다. 한 지역에서 발생한 COVID 19가 순식간에 전 세계로 확산하는 경우를 볼 때, 이제는 '우리나라, 내 가족만 잘살면 된다'는 의식은 근시안적인 사고이다.

나라가 어려울수록 지혜와 힘을 모아야 한다. 세계의 시선이 매시간 우리를 응시하고 있다. 그런 와중에도 COVID 19사태를 정략적으로 이용하는 소인배들이 있고 불분명한 유언비어에 생각 없이 부화뇌동하는

융합의 식탁

사람들이 있지만, 그래도 몇몇 의로운 행보가 대한민국의 위상을 다시 보여줄 것이다. 무엇보다 성숙한 국민 의식, 시민 의식이 절실한 때이다.

최근 종방한 〈낭만닥터 김사부〉에서 김사부 역의 배우 한석규의 대사가 이 어려운 시기에 긴 메시지를 던진다.

"우리가 왜 사는지 무엇 때문에 사는지에 대한 질문을 포기하지 마라. 그 질문을 포기하는 순간 우리의 낭만도 끝이 나는 거다."

군자적 사고는 대자적對自的 사고이다. 전체의 안위가 곧 자신의 안위이다. 이 나라에 의사 김사부의 캐릭터와 닮은 의료진이 존재하고 남의 집 현관문에 음식을 걸어놓는 의인 열 사람이 넘는 만큼 우리에겐 희망이 있다.

3장

선과 악의 충돌

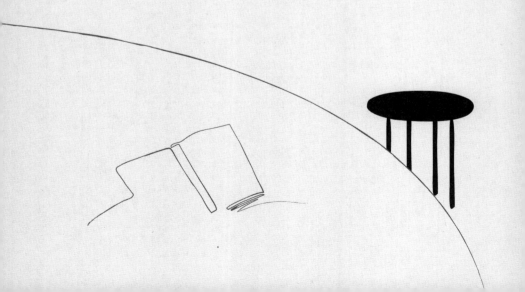

선과 악의 충돌

신약성경, 「마태복음 13장」

가만두라. 가라지를 뽑다가 곡식까지 뽑을까 염려하노라. 둘 다 추수 때까지 함께 자라게 두라. 추수 때에 추수꾼들에게 말하기를 가라지는 먼저 거두어 불사르게 단으로 묶고 곡식은 모아 내 곳간에 넣으라 하라.

신이 존재한다면 어째서 악의 무리를 뿌리 뽑지 않으시는 것일까? 신약성경 마태복음 13장에 선과 악의 비유가 나온다.

"천국은 좋은 씨를 제 밭에 뿌린 사람과 같으니 사람들이 잘 때 그 원수가 와서 곡식 가운데 가라지를 덧뿌리고 가서 싹이 나고 결실할 때에 가라지도 보이거늘, 종들이 와서 말하되, 주여 밭에 좋은 씨를 뿌리지 아니하였나이까. 그런데 가라지가 어디서 생겼나이까. 주인이 이르되 원수가 이렇게 하였구나. 종들이 말하되 그러면 우리가 가서 이것을 뽑기를 원하시나이까. 주인이 이르되 가만두라. 가라지를 뽑다가 곡식까지 뽑을까 염려하노라. 둘 다 추수 때까지 함께 자라게 두라. 추수 때에 추수꾼들에게 말하기를 가라지는 먼저 거두어 불사르게 단으로 묶고 곡식은 모아 내 곳간에 넣으라 하라."

갈수록 정의가 실종되는 풍토에서 불의와는 절대 타협하지 않고 정도를 걷는 사람들이 살아가기란 참 어렵다. 어떤 철학적 신념 없이는 소신을 지켜내기가 쉽지 않은 세상이다. 바르게 살아가는 사람이 융통성 없다는 평가를 받는 시대지만 적어도 인류 보편의 선의지를 바로미터 삼아 철저한 자기검열 속에 살아가는 사람들도 있으니 선이 제자리를 지키는 것이다.

니체 철학을 대표하는 『차라투스트라는 이렇게 말했다』는 니체 철학의 총론으로 기존의 가치관을 의심하고 기득권층 중심으로 설정한 선과 악의 개념을 해체하여 건강한 자아를 회복하자는 니체 사상의 핵심을 다뤘다. 차라투스트라의 여정은 말종 인간과 초인 사이의 인간 군상을 만나고 체험하면서 건강한 정신과 힘을 지닌 나 됨(I-ness)의 과정이다.

니체가 화두로 던져 파문을 일으킨 '신' 문제를 정확히 이해하기 위해선 고대로부터 출발한 채권, 종족, 신, 국가의 개념과 조응해서 해독할 철학적인 부분이 크다. 성직자들은 신을 죽게 한 자들이며 자칭 도덕의 계보학을 형성하여 인간 스스로 양심의 가책을 내장하게 만든 살해자들이라고 고발한다. 그러나 그 철학은 선의 대척점에 악이 공존함을 피력한다. 겨울로부터 봄이 태동하듯 선과 악의 충돌, 즉 악을 딛고 선이 성장한다는 역설도 있다. 선이 더욱 선일 수 있도록 필요악이란 말의 의미로 해석된다. 결론적으로 자기보존과 자기 극복의 삶이라는 두 축에서 자기 밖의 가치에 순응하는 노예 생활을 종식하고 자기 가치의 주인으로 살라는 전언이다.

니체의 화두처럼 인간은 짐승과 초인 사이에 놓인 밧줄이다. 살면서 딜레마에 봉착했을 때 늘 악을 피하고 선을 지향하는 것, 내게도 유익한 일이 타자와 공동체에도 유익한 일인지 살필 일이다. 인류 보편의 선의지조차 거슬러 자기 욕망의 바벨탑을 쌓는 사람들, 시장의 가치를 좇아 악의 레일에 편승하는 부류가 훗날 가라지로 분류될 악일 것이다. 늘 자기 극복의 삶을 지향하며 새롭게 창조하고 자율적이며 베푸는 삶, 능동적인 삶, 생명 넘치는 건강한 정신으로서의 삶이 알곡의 삶이요. 힘에의 의지이다.

미덕으로 매스컴을 도배하는 예술 같은 일은 언제나 도래할까. 저 멀리 겨울 산모롱이를 돌아 맑은 햇살이 달려온다. 순수 자체로서의 봄 햇살이다. 선善이라면 저 같아야 하지 않겠는가.

하얀 거짓말
필요한가

칸트는 '비진실'이라는 개념으로 선의의 거짓말을 정당화하는 듯
하다가 거짓말의 정당성조차 부정하는 완고한 입장에 선다. 반면
콩스탕은 진실을 요구할 권리가 없는 사람에게는 사실과 다르게
말할 수 있다는 유연한 입장이다.

얼마 전 주말 드라마 〈같이 살래요〉를 시청하다 등장인물 중 연다연
(박세완)이 남자친구 박재형(여회현)에게 말하는 대사에 생각이 멈췄다.
자신을 좋아하는 최문식(김권)에게 현재 사귀는 남자친구가 있다고 솔
직하게 말하면 상대방이 상처받을까 봐 말하지 못했다는 대화 내용이
다. 그러한 감정 속임의 결과는 애초 선한 의도와 달리 그들을 둘러싼
인물 간의 큰 갈등으로 고조됐다.

우리는 살면서 알게 모르게 거짓말을 할 때가 많다. 혹자는 감정의
자잘한 것까지 치면 개인이 총 하루 사용하는 거짓말은 200여 회 정도
라고 한다. 선의 거짓말 또는 하얀 거짓말이 사회적 윤활유 역할을 하
며 인간관계를 원활하게 하는 동력이라는 이유로 권장할 수 있는 것인
지 의문이다. 그런데 하얀 거짓말은 자신의 이득만을 위한 빨간 거짓말

융합의 식탁

과 달리 상황을 좋게 하려는 선한 의도이니 꼭 필요하다는 중론이다.

빅토르 위고의 『레미제라블』에 나오는 주인공 장발장이 성당의 은그릇을 훔쳐 달아나다 경찰에 붙잡혀 심문받을 때 밀리에르 주교는 자신이 선물로 준 것이라며 오히려 은촛대까지 건네는 자비를 베푼다. 밀리에르 주교의 하얀 거짓말이 장발장을 구한 것이다. 선의 거짓말의 결과이다. 그러나 하얀 거짓말이 다 좋은 결과를 빚진 않는다.

모 기관에서 일반 사람들에게 평소 거짓말을 하는 이유를 조사했을 때 첫째, 좋은 관계를 유지하기 위해서 둘째, 단순한 재미를 위해서 셋째, 자신의 이익을 위해서 넷째, 상황을 좋게 하려고 다섯째, 남의 비난을 받지 않기 위해서 여섯째, 남의 시선을 끌기 위해서라는 순위를 매겼다.

선의의 거짓말에 관해 칸트와 콩스탕의 논쟁은 대표적이다. 칸트는 처음 '비진실'이라는 개념으로 선의의 거짓말을 정당화하는 듯하다가 종국엔 선한 거짓말의 정당성조차 부정하는 완고한 입장에 선다. 반면 콩스탕은 진실을 요구할 권리가 없는 사람에게는 사실과 다르게 말할 수 있다는 유연한 입장으로 대립각을 세운다.

거짓말은 목적이 좋고 나쁨을 떠나 남을 속이는 일임은 틀림없다. 하얀 거짓말, 착한 거짓말이라는 모순어법에도 불구하고 이럴 때마다 상황이라는 조건 정의 딜레마에 빠진다. 그렇다고 상대방을 고려한 선한 의도라도 다 좋은 결말을 유도하진 않는다. 극 중 인물인 연다연이 최선으로 내린 애초 하얀 거짓말의 의도와는 달리 더 깊은 갈등을 초래했다. 오히려 처음부터 자신의 뜻과 의도를 분명히 밝혔더라면 피차 쓸데 없는 감정 소모는 하지 않았을 것이다.

하얀 거짓말이 이따금 가난하고 불쌍한 장발장을 구원하는 역할도 하지만 드라마 속 다연처럼 빨간 불을 켜기도 한다.

'거짓말도 잘만 하면 논 닷 마지기보다 낫다'고 한다. 그러나 나는 아직 도 하얀 거짓말조차 긍정적으로 평가하진 않는다. 그래서 융통성 없고 재미없는 사람이라 지탄받기도 하고 더러 손해를 볼 때도 있다. 그렇다 고 도덕적으로 완벽한 사람도 아니지만 늘 '스스로에게도 정직한 행동인 가?' 되묻곤 한다. 하얀 거짓말도 결국은 상대방의 알 권리를 왜곡하는 편법이다. 어떠한 목적이든 거짓말은 정당화될 수 없다. 수단이 목적보 다 우선할 수는 없기 때문이다. 최선의 상황을 위한 방편이라도 장기적 으로까지 선한 영향력을 행사하진 않는다. 현상을 바라보는 통찰과 지 혜를 위한 모두의 노력이 필요하다.

퇴적공간과
잉여 인간

오근재, 「퇴적공간」

'왜 노인들은 그곳에 갇혔는가' 생산의 주체에서 벗어나면 소멸적
존재로 치부돼 잉여 인간으로 분류되니 자본주의 안에서 인간은
단지 생산 부품에 불과한 것인가.

내게 하루 중 가장 아름다운 시간을 꼽으라면 해 질 녘, 해가 지상에
서 제 역할을 다하고 넘어가는 시각이다. 어둠과 빛이 교차하는 짙푸른
시간은 사뭇 위엄마저 있다. 인생도 그렇지 않을까. 삶의 풍상과 질곡
을 견뎌내고 인생의 흐름을 묵묵히 관조하는 황혼 무렵이 가장 아름다
운 시간인 것 같다. 지천명을 넘기면서 인생의 무게도 줄어들고 비움으
로 채워지는 깨달음도 얻으니 본래의 자아로 사는 맛은 지금이 절정이
다. 행여나 신이 내게 젊음을 돌려준다 해도 나는 지금이 가장 행복한
시간이라고 단호하게 말한다.

나이를 먹는다는 것은 늙어가는 것이 아니라 익어가는 것이라는 노랫
말처럼 쇠락해 가는 것이 아니라 성숙해가는 과정이다. 과일도 잘 익은
것은 깊고 부드러운 단맛이 나지만 설익은 과일은 떫은맛과 얕은맛이
난다. 사람도 과일의 속성과 다를 바 없다.

우리나라에 통섭이라는 화두를 처음으로 던진 최재천 교수는 2020년엔 15세 미만의 어린 인구와 65세 인구가 동등한 시대가 될 것이라고 언급한 바 있다. 노화를 어떻게 볼 것인가에 따라 의미는 천차만별이다.

요즘 '고령화 사회'를 주제로 몇 권의 시리즈 독서를 마쳤다. 오근재 교수가 펴낸 『퇴적 공간』을 손에 잡았을 때 제목이 던지는 충격은 매우 컸다. "왜 노인들은 그곳에 갇혔는가"의 부제도 한몫했다. 생산의 주체에서 벗어나면 소멸적 존재로 치부돼 잉여 인간으로 분류되니 자본주의 안에서 인간은 단지 생산 부품에 불과한 것인가라는 자괴감이 든다.

자본주의는 모든 인간을 물화시키고 시장의 효율성만 강조하는 생산성 구도로만 분류한다. 반대로 탑골공원이나 종묘공원을 잉여 인간이 군집한 퇴적공간으로 해석하기보다는 비로소 인간 주체로 살아보는 실존 공간으로 해석하면 어떨까. 노화 현상이 생산라인에서 벗어난 삶에서 일어나는 현상이라면 경제활동이 아닌 다른 점에서 사회적 가치를 창출하는 풍부한 인적 자원으로 작용할 수도 있다.

오래전 95세의 노시인 시바타 도요가 쓴 시집 『약해지지 마』를 주요 텍스트로 하여 200명이 넘는 교회 노인대학에서 '삶을 풍요롭게 하는 글쓰기'라는 주제로 인문학 독서 강의를 한 적이 있다. 즐겁고 활동적인 시간이 아니라 대부분 주무시거나 들락날락할 것이라는 관계기관의 염려와는 달리 얼마나 진지하게 참여하고 공감하는지 온몸에 전율이 일 정도였다. 우리 인생의 노동 기간이 역삼각형이라면 퇴적공간이라 구분한 그곳에 사회적 가치를 창출할 방안들은 얼마든지 많다. 앞으로의 노

융합의 식탁

인들은 웬만큼 고등교육을 받은 세대이다. 그런 특성을 고려하여 그들의 정체성과 자존감을 존중하면서 복지정책도 펴야 한다. 오근재 교수의 지적처럼 진정한 복지는 무료로 제공되는 시혜가 아니라 한 끼의 식사와 등가성을 띤 작은 노동의 기회가 주어지는 일이다.

여전히 인간은 죽을 때까지 자신의 능력을 인정받고 싶어 하는 존재이다. 각자의 재능을 살린 사회봉사도 노년을 의미 있게 잘 보내는 길이다. 늙음이란 절망의 이유가 아니다. 이제껏 사회적 자아로 살았다면 본래의 자기, 실존으로 살아볼 민낯의 시간이다. 헨리 나우웬의 말처럼 늙음이란 희망의 근거이며 점진적으로 성숙하는 것이며, 견디어 낼 운명이 아니라 기꺼이 받아들일 기회이다.

공간의
권력

유현준, 『어디서 살 것인가』

건축물의 권력은 이미 선사시대부터 진행돼 왔다. 돌로 만든 무덤
인 어마어마한 고인돌조차도 자기 부족원의 힘을 과시하기 위한
타 부족 견제용이었다.

도시가 자란다. 자고 나면 쑥쑥 자라는 나무처럼 회색 건물로 빼곡하
다. 생명도 없는 이 회색 나무는 어디까지 자랄 것인가. 점점 공간을 앗
아가는 자본주의 경제 구조상 비좁은 도시의 속성은 어쩔 수 없는 현
상이지만, 이따금 숨이 턱턱 막힌다. 똑같은 구조와 건물에서 우리가
만들어낸 것들은 소유한 만큼의 부채들이다. 개인이 느끼는 만족 체감
도는 과거에 비해 풍요롭지 않다. 절대 행복을 잃은 이 공간은 단지 타
자와의 비교를 통한 조율된 행복만 있을 뿐이다. 되뇌어 반추할 놀빛
추억을 만들어 낼 정서적 사유와 아날로그 공간에서의 놀이가 실종된
터이다.

홍익대 건축과 유현준 교수는 '우리가 살고 있는 곳의 기준을 바꾸다'
라는 부제로 『어디서 살 것인가』를 통해 공간이 실종된 도심과 건축물
이 지닌 권력에 대해서 피력했다. 건축물의 권력은 이미 선사시대부터

융합의 식탁

진행돼 왔다. 돌로 만든 무덤인 어마어마한 고인돌조차도 자기 부족원의 힘을 과시하기 위한 타 부족 견제용이었다는 것과 빚을 내면서까지 높은 건물을 올리려는 건물 권력의 속성에 눈이 뜨였다. 고임돌과 덮개돌을 옮기려면 부족 전체가 움직여야 하기 때문에 곧 그것은 부족의 힘으로 과시한다. 건물 권력은 안팎 견제라는 이중 속성을 지니지만 위용을 부리는 건물엔 자연스러운 건축미나 아름다움이 없다. 그러나 사람의 온기와 정서를 드리운 건물엔 뜨거운 숨을 느낀다.

이따금 늦은 밤이면 옹기종기 모인 주택 사이로 난 골목길을 걷는다. 가로등 불의 고요함과 길게 드리운 몸의 그림자와 딸각거리는 발소리를 음악 삼아 빛바랜 정서를 충전한다. 담장을 타고 넘는 붉은 장미 덩굴 앞에선 나도 모르게 콧노래다. 신혼 초 골목의 새댁들과 집 앞에 돗자리를 깔고 도란도란 삶을 이야기하던 그 따스함과 정겨움이 그립다. 아이들은 옹기종기 어울려 흙장난을 하고 젊은 엄마들은 사는 이야기를 나누며 깔깔대느라 시간 가는 줄 모르던 그 시절, 그 사람들은 지금쯤 어디에서 무얼 하고 사는지….

유현준 교수는 미국에서 유독 혁신 기업들이 서부 캘리포니아에서 나오는 이유는 지진 때문이기도 하지만 대부분 저층 건물이어서 친구 관계는 세 배나 많고, 세 배 더 많은 생각의 시너지 효과가 나온다는 이유를 들었다. 당연한 사실이지만 푸른 숲과 마당 같은 아날로그 공간에서의 생활은 큰 장점이고 재산이다.

고층 건물 빼곡한 도심에선 몸은 편하지만, 정서적으로는 끊임없이 요구하는 자본주의 속성에서 벗어날 수 없고 그로 인한 스트레스도 만만 찮기 때문이다. 스트레스가 고이면 병이나 화가 되는데 그렇다고 스트 레스를 풀어낼 돌파구도 막막하고 묘연하다. 몸은 피곤하지만, 머리를 맑게 할 것인가, 머리는 늘 무겁지만, 몸을 편하게 할 것인가. 육체와 정 신 중 선택은 우리 자신의 몫이다.

그러면 나는 어디서 살 것인가. 직업 관련 속성상 경제적 거리를 위해 도심의 아파트에 살지만 도심에서 누릴 수 없는 정서적 가치를 위해 인 근 20여 분 소요되는 거리에 여섯 평 정도의 미니멀 농막을 만들었다. 일주일에 두 번 정도 그곳을 찾아가는 길이 소풍이다. 푸른 하늘과 진초 록 들녘 한가운데서 새소리, 개구리 소리, 냇물 소리를 들으며 내 안의 무거운 쇳내를 정화한다. 노랑 거미가 짜놓은 조밀한 건축물 사이의 이 슬방울로 놓친 시간을 길어 올리며 훗날에 남길 감빛 추억을 엮고 있다.

융합의 식탁

꽃의
권력

◈

김소월, 「산유화」

산에는 꽃 피네/꽃이 피네/갈 봄 여름 없이/꽃이 피네// …(중략)
정말 인간이 잘났기로 얼마나 잘났으랴, 후미진 산기슭에서 존재
자체로 세상을 밝히는 이 꽃들만 하겠는가.

흡사 이효석 『메밀꽃 필 무렵』의 배경처럼 소금밭을 이룬 구절초 동산 기사를 접하고 대청호 주변 '열고개 구절초 올레길'을 찾아가는 중이다. 호랑이 출현이 잦아 열 사람 정도 모여야 함께 넘었다던 열 고개, 깊은 숨을 몰아쉬며 구불거리는 오솔길을 아날로그로 오르는데 지난 향수에 젖는다. 사춘기를 호되게 앓던 여고 시절, 마음이 공허할 때면 집 뒤 산등성이로 난 오솔길을 거닐며 김소월의 「산유화」나 「초혼」을 음송하곤 했다.

　　산에는 꽃 피네

　　꽃이 피네

　　갈 봄 여름 없이

　　꽃이 피네

산에

산에

피는 꽃은

저만치 혼자서 피어 있네

산에서 우는 작은 새여

꽃이 좋아

산에서

사노라네

산에는 꽃 지네

꽃이 지네

갈 봄 여름 없이

꽃이 지네

– 김소월, 「산유화」 전문

   산유화를 음송하며 올라가는 길, 국어 시간에 '저만치'에 방점을 찍고 분석하던 시간들이 떠오른다. 당시 우리는 '저만치'를 인간과 자연성을 분리하여 청산과의 거리로 이해한 것 같다. 피고 지고 끊임없이 생동하는 우주 만물의 존재들, 지금 피는 구절초는 지난해 그 꽃이 아니며 지금 눈앞에 나뒹구는 이 도토리도 지난해 그 도토리는 아니다. 그리고 보면 우주 공간은 늘 새로운 것들로 약동한다. 꽃피고 지는 모습에서 찰나를 살고 떠나는 인간의 일생이 느껴진다. 인간 중심으로 해석하면 인생무상이지만 우주의 관점에서 본다면 매우 건강한 순환고리이다.

기지개로 가파른 호흡을 펼 때 왼쪽으로 자연인인 듯한 움막 한 채가 보인다. 슬며시 들여다보니 살림들이 여기저기 나뒹군다. 텃밭을 일구는 부부의 모습이 평화로워 한참을 바라보다 돌아섰다. 바람결에 은은한 구절초 향이 감겨오는 걸 보니 저만치에 목적지가 보인다. 도착하여 농원 주인이 갓 삶아 내놓은 알밤과 차를 마시며 움막 이야기를 물으니 건강을 위해 산속에 둥지를 튼 철학 교수 부부의 집이란다. 자연경관 좋고 공기 맛도 신선하니 무릉도원이 따로 없다. 꿀벌들의 윙윙거리는 소리를 좇아 산기슭에 오르니 넓은 구절초 동산이 펼쳐있다. 신선이 어머니에게 준 약초라고 하여 선모초仙母草라고 불리는 구절초, 널따란 꽃 천지를 본 순간 전신이 홀린 듯 마비된다.

꽃 빛! 하얀 구도자! 어마어마한 흰빛 군락의 고고한 자태와 위엄, 그 소리 없이 내지르는 아름다운 함성에 발이 묶인다. 내 여기 이렇게 서 있어도 되는 일인가. 이들만의 향연에 괜한 발을 담가 죄짓는 건 아닌가. 여러 생각이 파노라마를 일으킨다.

몇 해 전 졸업을 앞둔 제자들에게 식사를 마련하는 자리에서 한 여학생이 감사편지를 건네며 수줍게 전한 인사말이 떠오른다. "선생님, 좋은 시 많이 쓰시면서 늘 꽃길만 걸으세요." 평소 텔레비전을 즐겨 보지 않아 '꽃길만 걸으라'는 유행어를 잘 모르던 터라 어린 제자의 덕담은 놀라운 충격이었다. 상징적인 그 꽃길은 아니지만 나는 지금 꽃길을 걷는다. 한들거리며 물결치는 구절초 사이를 거니는데 온몸이 가볍다. 꽃이 풍기는 선한 권력에 자발적으로 손들기 때문이다. 정말 인간이 잘났기로 얼마나 잘났으랴, 후미진 산기슭에서 존재 자체로 세상을 밝히는 이 꽃들만 하겠는가. 제 타고난 본래의 민낯으로 살지 못하고 포장과 인위적인 치장을 마쳐야만 당당히 서니 저만치에 둔 본래의 나로는 언제쯤 살 수 있을까? 구절초 군락에서 잃어버린 민낯을 발견하고 돌아오는 길 가슴에도 하얀 잔별들이 지천이다

융합의 식탁

경제구조와 교육의
시소게임

채사장, 『시민의 교양』

덴마크는 시장의 자유를 소극적으로 줄이고 정부개입을 키운 만큼 기업으로부터 걷은 세금이 많아 복지가 잘 돼 있다.

시립도서관에서 진행하는 '독서 리더 교육' 중 디베이트 텍스트로 건강한 시민으로서 알아야 할 기본 교양서인 채사장의 『시민의 교양』을 다뤘다. 교육하는 입장이라 여러 장 중 교육론에 큰 관심을 두고 탐독했다.

저자는 교육은 내용보다도 형식이라는 경제구조가 좌우한다고 피력했다. 왜 우리는 치열하게 경쟁하는가? 저자는 시장의 자유와 정부 개입의 장단점, 그 대안으로 유연 안정성을 들었다. 적절한 시장의 자유와 정부 개입이 균형을 이룰 때 교육 문제도 해결된다는 것이다.

그렇다면 그 기준은 어디에 두고 출발할 것인가? 경쟁 없는 교육도 사회발전을 가져올까? 교육 현장의 행복과 사회발전을 동시에 이루는 그 유연 안정성의 기준점은 어디일까?

경제구조인 자본주의 시스템이 문제라면 공산주의와 병합한 새로운 구조로 만들어야 하는데 아무래도 딜레마다. 덴마크는 시장의 자유를 소극적으로 줄이고 정부개입을 키운 만큼 기업으로부터 걷은 세금이 많아 복지가 잘 돼 있다. 기업은 세금을 많이 내는 대가로 고용 기간을 10년 안팎으로 두어도 된다는 고용 자유 보장을 받았다. 노동자는 실직해도 4년간 실업급여를 90%나 받는다. 고용 안정성은 없지만 복지는 큰 편이다. 그러니 국가 차원에서 대학등록금을 지원해도 대학에 가려는 젊은이들이 많지 않다. 그러면 향후 나라는 어떻게 되는가? 국민의 행복과 경제발전, 두 마리 토끼를 잡는 것은 아무래도 요원하다. 한쪽이 내려가면 다른 한쪽은 올라가는 그야말로 시소게임이다.

정보와 지식이 자본과 노동을 대신하는 구조에서 경쟁 없는 상태의 순수한 상승곡선을 탈 수 있을지 의문이다. 좁게는 학교에서 비경쟁 독서토론 방식으로 독서수업을 할 때도 시간 투자 대비 여러 가지 문제점을 보인다. 하브루타와 찬반 토론, 비경쟁 토론은 따로 분리된 수업이 아니다. 좋고 나쁨을 가려 버리고 취해야 할 방식이 아니라 주제에 따라 병행할 때 옳고 그름이나 이치를 파악하고 문제점을 찾아 해결방안까지 도출할 수 있다. 그런 단계를 거친 후에야 현상의 안과 밖을 제대로 꿰뚫을 수 있는 식견도 생긴다.

교육 쪽은 책상물림으로 펴는 이론과 현장이라는 실제 사이와 간극이 너무 크다. 현장에 있다가 정책자가 되면 자리가 정책이론자로 만들기 때문에 금세 현장 상황을 잊는다. 그러니 늘 형식에 치여 내용이 고사당하는 격이다. 과거 없이 현재가 없고 현재 없이 미래는 없다. 모든 것은 한 몸처럼 유기구조를 이룬다. 하나가 상승하면 다른 쪽은 하강한

융합의 식탁

다. 장점을 뒤집으면 단점으로 작용하는 것들이 부지기수다. 경제구조의 유연 안정성이 교육 내 경쟁을 약화하는 것이라면 그 기준점 마련이 우선이다. 단시간에 고성장을 가져온 한국이라는 특수성도 감안하고 글로벌 시대와 4차 산업혁명 시대로 가는 길목에서 흑백논리로 우열을 가리기보다는 상황과 특성에 맞는 정책 마련이 필요하다.

교육은 일정한 틀에서 생산품을 쏟아내는 기계가 아니다. 전통방식과 새로운 방식을 잘 조합하여 그 사람에 맞는, 그 가정에 맞는, 그 사회에 맞는, 그 나라에 맞는, 그 맞춤형 시스템 적용이 필요하다. 선진국의 좋은 정책들을 모델링 하는 것도 필요하지만, 그 나라 역사와 환경, 특성에 맞는 처방이 필요하다.

판도라의 마지막 희망

마이클 샌델, 『정의란 무엇인가』

좋은 삶의 의미를 함께 고민하고 다양성을 수용하며 하나의 원칙과 절차에 따라 소득이나 권력, 기회를 정당하게 분배하는 사회가 정의로운 사회다.

다른 지역에 갈 일이 있어서 고속버스터미널에 가려고 택시를 잡으려는데 40분이 지나도 빈 택시가 보이지 않는다. 직접 자동차를 운전하다 보니 택시 탈 일이 흔치 않은 터라 적잖이 당황했다. 오래전 딸아이가 깔아놓은 앱이 생각났지만, 한 번도 사용한 적이 없어 내키지 않았다. 시간이 지연되자 할 수 없이 카카오택시 앱을 찾아 목적지를 입력하니 1분 만에 승인된 택시 번호가 뜨고 도착 시각을 알려온다. 진작 앱을 이용했더라면 1시간 동안 도심 한복판에서 우왕좌왕하는 일은 없을 텐데 아날로그적 방식에 길든 때문이다. 하루가 다르게 변화하는 세상에서 실로 격세지감을 느낀다. 절차가 간단하고 편리한 세상이 디지털 시대라면 비용은 감소하고 경제적 효용 가치는 증대한다. 아날로그 방식과 디지털 방식을 적당히 아우르는 디지로그 방식 수용이 불가피한 세상이다.

그렇다면 4차 산업혁명 시대를 부정적으로 볼 일만은 아니다. 4차 산업혁명은 인공지능과 로봇기술, 생명과학이 주도하는 차세대 산업혁명을 말한다. 증기기관으로 시작한 1차 산업혁명과 전기를 이용하여 대량생산이 가능하게 된 2차 산업혁명을 지나 인터넷 정보통신과 자동화 시스템이 주도한 3차 산업혁명에 이어 인공지능과 로봇을 통해 현실과 가상이 융합하는 시대로 발전했다. 인간 대신 인공지능과 로봇이 생산 활동에 참여하여 부를 축적하면 비용은 감소하고 가치는 증대한다. 그렇다면 인간은 노동에서 벗어나 좀 더 삶의 질을 향상할 수 있다. 그러나 어떻게 부를 분배할 것인가. 아직도 전 세계 석학들이 정의를 올바른 분배에 두고 고민하는 이유다. 마이클 샌델은 『정의란 무엇인가』를 통해 미덕을 키우고 공동선을 고민하는 것에 의견을 모았다. 좋은 삶의 의미를 함께 고민하고 다양성을 수용하며 하나의 원칙과 절차가 있어서 그에 따라 소득이나 권력, 기회를 정당하게 분배하는 사회라면 그것이 바로 정의로운 사회라는 것이다.

이미 판도라의 상자는 열렸지만 섣부른 판단은 위험하다. 현실과 가상을 넘나드는 시대는 이미 진행 중이다. 많은 사람이 카카오스토리, 페이스북, 인스타그램 등을 통해서 가상공간에서의 자유로운 대화와 소통을 시도한다. 현실은 오프라인과 온라인 두 개 공간을 넘나들며 그 어느 때보다 활동 폭이 증대한 세상이다. 과학이나 경제학 분야의 추측처럼 앞으로의 시대는 소유경제보다는 공유경제로 가는 시스템이다. 마르크스 사상과 애덤 스미스 사상의 긍정적인 측면을 믹싱한 신사회주의나 신자본주의 성격을 띠는 경제 개념이다. 이 개념은 2008년 에어비엔비Airbnb가 단기 숙박 서비스 차원의 빈방을 공유하는 데서 출발했다. 여행객들은 호텔 대신 싼 값으로 숙박하고 집주인은 남은 방을 통해 추가 소득을 올리니 양쪽 모두 비용은 줄이고 경제 가치는 높이는 플러스 구조이다. 이제 온라인상의 정보 공유는 한 단계 더 발전하여 물질 공유로까지 이어지는 세상이다. 그런 세상이라면 더 많은 것을 소유하기 위해 평생 노동하는 일개미로 살 필요는 없지 않을까. 어쩌면 공유경제는 경제 판도라의 마지막 희망인지도 모른다. 모두 자원을 소유하지 않고 필요한 사람들과 공유하기 때문에 누이 좋고 매부 좋은 구조이기 때문이다.

가상공간에서 부른 택시가 현실로 이동하고 현실과 가상의 융합이 4차 산업혁명 시대의 특징이라면 마지막 기차를 기다리는 설렘으로 플랫폼에 설 일이다.

융합의 식탁

보수와 진보
사이

보수는 자본가와 기업의 이익을 대변하며 국가의 성장을 꾀하고
진보는 서민과 노동자의 이익을 대변하며 복지를 꾀하지만, 양측
진영 모두 장단점을 한 몸에 지닌 채 적절한 수위를 조율하며 공
존해왔다.

겨울 숲이 고요하다. 그렇다고 움직임이 없는 것은 아니다. 가까이 다
가가 진달래 마른 나뭇가지를 들여다보니 벌써 쥐눈이콩만 한 꽃봉오리
가 맺혀있다. 그렇게 얼음 밑으로 봄은 소리 없이 오고 지난해 부려놓
은 새로운 생명이 제 순서를 기다리고 있다.

오랜만에 후배와 간편한 등산복 차림으로 괴산 '산막이옛길'을 찾았
다. 평일이라 그런지 고즈넉함을 넘어 바람이 소리 내는 문장을 읽을
만큼 한산하다. 즐비하던 좌측 상점들은 동면에 들었는지 일제히 자물
쇠로 채워있다. 오래전부터 떠돌며 국민을 불안하게 하는 하강 곡선의 경
제는 언제쯤이야 상승곡선을 타려나. 대학에서 행정학을 가르치는 후
배와 정치·경제 개념의 보수와 진보에 관해 논쟁을 펼치며 오르다 보니
숨이 턱 막힌다.

초기 자본주의는 정부의 개입 없는 시장의 자유만이 존재하는 경제체제였고, 후기 자본주의는 초기 자본주의의 문제점을 개선하려 정부가 개입하여 시장의 자유를 축소하는 경제구조였다. 초기 자본주의는 자유시장주의를 지향하여 정부는 국방, 치안, 외교 등 최소한의 기능만 담당하는 자유방임주의지만 결국은 경제대공황, 2차 세계대전 등으로 시장은 실패하였다. 후기 자본주의는 케인즈 이론을 바탕으로 불가피한 정부의 시장개입을 불러왔고 정부의 지출을 증가시켜 시장구조를 의도적·계획적인 선순환 구조로 만들려고 유도했다.

정부가 각종 규제정책을 실시하면서 시장을 통제하면 혜택을 보는 계층도 많지만 국가 전체 경제의 흐름은 불안정하니 그야말로 딜레마다.

보수는 자본가와 기업의 이익을 대변하며 국가의 성장을 꾀하고 진보는 서민과 노동자의 이익을 대변하며 복지를 꾀하지만, 양측 진영 모두 장단점을 한 몸에 지닌 채 적절한 수위를 조율하며 공존해왔다. 시장의 자유를 지나치게 제한하면 기업들은 국외로 나갈 수밖에 없고 국내 실업률은 증가하니 한 체제가 정권을 잡으면 몇 년은 유지되어야 한다는 십년 주기의 정권 교체설을 주장한다.

디테일한 맥락까지 행간 읽기 하며 피력하는 그녀의 정치, 경제구조 담론을 듣다 보니 허기가 밀려온다. 몇몇 음식점이 보이지만 사방이 조용하다. 썰렁한 음식점 문을 밀고 들어서니 고희 가까운 여주인이 첫 손님이라며 반색한다. 즐비한 메뉴판을 갖다 주지만 이 정도로 인적이 없으니 식자재가 제대로 갖춰 있을까 싶어 주인의 의사를 살폈다. "저

융합의 식탁

희가 어떤 것을 주문하면 좋을까요?" 여쭸더니 야생 버섯찌개와 파전을 추천한다. 절반도 못 먹은 음식을 남겨 놓고 현금으로 값을 치르니 현금영수증을 할 거냐고 묻는다. 고개를 저으며 아니라는 뜻을 전하니 함박웃음이다. 평소에 소규모 상점이나 시장에 들를 때면 될 수 있는 대로 현금을 사용한다. 꽁꽁 얼어붙은 재래시장 경제 살리는 길에 같은 서민으로서 소소한 인정 부조이다. 무엇보다 생산과 소비는 유기체라서 시장 경제가 잘 돌아가야 서로 잘사는 까닭이다.

커피를 마시고 산행 길목의 상점을 둘러보는데 문을 연 곳이 없다. 겨울 두어 달까지 보수공사를 한다는 안내문이 보이지만, 그 문장이 곧이곧대로 평면 읽기가 안 되는 것은 아마도 직업병이다. 늘 사람 북적이고 시끌벅적한 시장 풍경은 전설이 된 걸까.

돌아오는 차 안에서 후배가 묻는다. 국가와 개인 중에서 무엇이 먼저냐고? 그래서 되물었다. 닭과 달걀 중에서 무엇이 먼저냐고? 우문우답愚問愚答이다.

살아나라,
지구별

몸이라는 소우주에서 태어나 우리가 첫발을 떼는 곳은 대지(흙)이다.
대지는 수많은 생명체가 탯줄을 드리우고 호흡하는 모성의 공간이며 우
리 몸의 근원이다. 무봉無縫의 알 상태로 이 땅에 던져진 우리지만 알을
깨고 나와 큰 울음을 터트리며 자가 호흡이 가능한 건 지구 공간을 이
루는 흙, 물, 불, 공기라는 4원소로 뭉쳐있기 때문이다.

머리가 먼저 공간과 접촉하여 말 걸기를 시작하면 이어 양손이 방향
을 잡고 대지를 향한 두 발이 교신을 시작한다. 붉은 흙 기운이 혈맥처
럼 분기하면 온몸 기관마다 환한 불이 켜진다. 이렇게 각 생명체는 숨
쉬는 동안 대지와 연결한 탯줄로 호흡하며 몸이라는 유기체로 활동하
다 다시 근원을 이루는 원소로 돌아간다.

건강한 4원소의 기운을 받은 몸은 대지를 가해하지 않는다. 동시에
자기 몸도 통증을 느끼기 때문이다. 사상이 건강한 '나'들의 분기는 공

융합의 식탁

간에 감도는 미세한 움직임과도 소통하며 동심원이라는 큰 고리를 생성해간다. 동심원은 끊임없는 줄기를 생성하며 한 몸이라는 유기체를 만들어낸다. 나의 고리는 타자에게로 이어지고 다시 우리는 지구를 잇는 통로로 확장한다. 건강한 유기체들로 벽은 무너지고 무중심의 공간은 갓 태어난 알들이 피보나치 수열을 띠며 지구의 핵을 감싼다. 서로 다르지만 질서를 띤 소우주들이 동심원을 이루는 지구는 그렇게 유지돼 왔다.

그런데 그토록 건강하고 아름답던 지구가 상상을 초월할 정도로 위태롭다. 물질문명의 발달은 우리에게 많은 편리를 주기도 하지만 반대로 엄청난 대가도 치르게 한다. 과학연구는 이래저래 딜레마다. 미국 사이언스 데일리는 만약 온실가스 배출량을 줄이지 않고 이대로 계속 진행한다면 2,100년 알프스 빙하는 정상 부분만 남고 90% 이상이 녹아내릴 거라는 시나리오를 만들었다. 인간의 이기가 만들어낸 문명이 다시 부메랑이 되어 인간을 향해 돌진 중이다.

이제 지구 환경문제는 전 지구인의 공통 과제로 떠올랐다. 더는 자국만의 이익 문제에 갇혀 근시안적 사고로 머물 때가 아니다. 이미 지구촌은 한 몸이 되어 영향을 주고받는 그물로 연결되었다. 인간의 이기가 만들어낸 생태계의 참사를 어찌 막을 것인가. 작은 것을 탐하다 근본을 잃게 된 형국이다. 불편해도 일정 부분 회항해야 한다.

얼마 전 스웨덴 출신의 청소년 환경운동가 그레타 툰베리가 뉴욕에서 열린 UN기후행동정상회의에서 어른 세대에게 가한 일침이 귀에 쟁쟁하다. 툰베리는 트럼프가 입장하자 무서운 눈빛으로 쏘아보며 세계 지도자들이 온실가스 감축 등 각종 환경 공약을 내세우면서도 실질적으로 행동하지 않는다고 비판했다. 생태계가 무너지고 멸종 위기에 있는데도 당신들은 돈과 경제성장만 논하며 우리 세대를 실망하게 한다면 우리 세대도 용서하지 않을 거라는 경고였다. 툰베리는 이 회의에 참석하기 위해 태양광 요트를 타고 대서양을 건널 정도로 실제 환경문제 행동가이며 전 세계 수백만 명의 학생들과 '미래를 위한 금요일' 운동을 벌이고 있다.

학교에 있어야 할 학생들이 어쩌다 밖으로 나와 피켓을 들 수밖에 없는 망측한 세상을 만든 것일까? 저 아이들이 붉은 흙덩이에 튼튼한 뿌리를 내리고 푸른 미래를 열어갈 수 있도록 우리 사는 모천을 살려야 한다. 살아나라, 초록별!

융합의 식탁

조선 최초 인문학자, 퇴계 이황

퇴계는 권 씨가 제사상에서 떨어진 배 한 덩이를 먹고 싶다며 치마폭에 감싸 안고 나가자 나무라지 않고 오히려 깎아주는 자상함도 지녔다. 관기 두향을 인격체로 대하고 홀로된 며느리의 앞날을 제안하며 정신이 온전치 못한 부인에 대한 측은지심이 있던 그의 기저는 애민정신이다.

퇴계 이황과 그의 제자 서애 류성룡을 만나러 가는 길이다. 도산서원과 병산서원은 오래전 학부 때 2박 3일 일정으로 답사한 바 있다. 고전문학 시간에 이황과 이이의 주리론과 주기론을 토론할 때 이기철학에 한참 고양된 적이 있다. 퇴계 사상은 수양 철학으로 존재의 본질을 회복하여야 하는 입장 때문에 이理를 중시한 인물이다.

세상에 대한 인식의 지평을 넓힌 중년의 나이에 다시 찾아가는 도산서원은 느낌이 사뭇 다르다. 세 시간 만에 도산서원에 도착하니 동행하며 도움을 줄 퇴계 학문 전공자가 나와 있었다. 사전 조사한 자료와 그의 설명을 참고하며 분주하게 이동하는 가운데 퇴계가 9개월 동안 단양 군수로 재직할 때 묵객으로 대했다던 관기 두향에 관한 이야기를 들었다.

두향은 어린 나이에 조실부모하고 관기의 수양딸이 되었다. 시와 서예, 거문고에 능하고 미모도 출중했다. 18세의 두향과 곧기가 대나무 같았던 48세 퇴계의 운명적인 스토리는 가슴을 저몄다. 퇴계가 단양을 떠난 이후 두 사람은 20년 동안 한 번도 만난 적이 없다. 다만 1570년 퇴계가 70세의 나이로 세상을 떠날 때 '저 매화에 물을 주어라'라고 하였다니 두향에 대한 깊은 마음을 짐작할 수 있다. 두향 역시 퇴계의 부음을 듣고 사흘 밤낮을 걸어서 도산에 도착하지만, 먼발치에서 배향하고 돌아가 시름시름 앓다가 목숨을 끊었다.

30년 세월의 벽을 허물고 묵객으로서의 정을 나누던 두 사람, 어쩌면 퇴계는 조선 시대 선진의식을 지닌 인문학자라고 할 수 있다. 그 올곧은 성품으로 나이 어린 두향의 지극한 존경을 받고 둘째 아들 사후 어린 나이에 청상과부가 된 며느리를 손수 재가시킨 사람이니 그 안에 인문정신이 없으면 불가한 일이다. 첫째 부인이 둘째 아들을 낳다가 세상을 뜨고 얼마 후 권질의 부탁으로 정신이 온전치 못한 그의 딸을 재취로 맞는다. 권질 가문은 연산군의 모후 폐비 윤씨 사약문제로 연루되어 갑자사화 때 멸문지화를 당한다. 그 과정에서 권질의 딸이 조부의 사약 받는 장면을 보고 충격을 받아 정신 이상이 되었다. 당시 서른 살의 퇴계가 정신이 온전치 못한 권씨 부인을 측은히 여겨 받아들인 점은 쉽지 않은 일이다. 퇴계는 권씨가 제사상에서 떨어진 배 한 덩이를 먹고 싶다며 치마폭에 감싸 안고 나가자 나무라지 않고 오히려 깎아주는 자상함도 지녔다.

여러 가지 정황을 미루어 볼 때 퇴계 이황은 조선 최초의 인문학자이다. 그는 유교 사상이 팽배한 시대에 남성주의 가부장제의 위엄을 벗고 삶 속 인문정신을 실천한 인물이다. 그 시대에 누구보다 진보적인 지식인이며 정치가였다. 관기 두향을 인격체로 대하고 홀로된 며느리의 앞날을 제안하며 정신이 온전치 못한 부인에 대한 측은지심이 있던 그의 기저는 애민정신이다.

말년에 벼슬을 사양하고 출세보다는 학문에 전진했던 군자, 심산유곡에 들어앉아 심신을 수양하고 자연을 벗 삼아 올곧게 살아간 그의 성정이 곳곳에 보인다. 두향이 퇴계에게 주었다던 매화는 그 대를 이어 무성한 가지를 이루고 바람 따라 물결 따라 자연스럽게 몸 맡기며 멋스럽게 자란 나무들은 주인처럼 깊이 수양한 자태이다. 고즈넉한 도산서원 뜨락에 앉아 그의 시선으로 사방을 본다. 퇴계는 가고 없지만, 사람을 사람으로 대한 인향이 담벼락을 에운다.

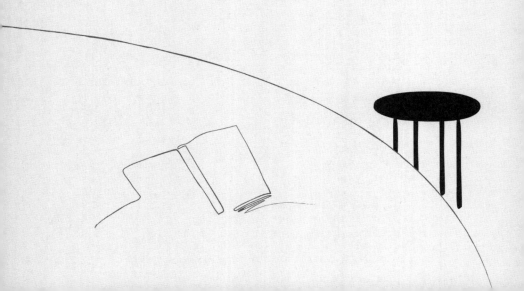

4장

강물로부터 듣다

강물로부터
듣다

헤르만 헤세, 『싯다르타』

강물은 무심히 흐르고 끊임없이 흐르지만, 언제나 거기에 존재하
며, 언제 어느 때고 항상 동일한 것이면서도 매 순간 새롭다.

바위에 앉아 강물처럼 흐르는 무논을 본다. 만물은 유전한다는 헤라
클레이토스 사상을 유추한다. 얼마 전 책장을 덮은 헤르만 헤세의 소
설 『싯다르타』의 여운이 아직도 내면에 자리한 탓이다. 싯다르타는 석가
모니가 출가하기 전 태자 때의 이름인 고타마 싯다르타와는 다른 동명
이인이다. 소설 속 싯다르타는 어느 종파에도 속하지 않고 개인 내면을
탐구하는 지극히 개인적인 성찰로서의 신앙을 띤다. 깨달음의 순간에
체험한 것을 말이나 가르침을 통하여 전달할 수 없다는 사실을 인식하
고 자신의 가장 내면적인 곳까지 뚫고 들어가 자기의 의미와 본질을 탐
구하고자 한 주인공 싯다르타. 말년에 스스로 뱃사공이 되어 강물 위를
오가는 삶을 살면서 강물을 통해 풀어내는 심오한 진리들을 읽으며 공
감하는 부분이 많다.

긴 순례의 인생 뒤안길에서 만난 뱃사공 바주데바로부터 '남의 말을

귀담아듣는 것을 나에게 가르쳐준 것은 강이었고 강물로부터 아래를 향하여 나아가는 것, 가라앉는 것, 깊이를 추구하는 것이 좋은 일이라는 것을 배웠다'는 말을 듣고 브라만의 아들 싯다르타는 그처럼 뱃사공이 되어 강물이 들려주는 경전을 듣는다.

1922년에 소설 『싯다르타』를 완성한 독일 출신 헤르만 헤세는 목사인 아버지와 신학자 집안의 어머니 사이에서 성장한 사람이다. 소설을 통해 실제로도 삶 가운데 내면의 영적 갈등이 많았음을 직감한다. 브라만 가문의 싯다르타와 고빈다, 두 인물의 진리 탐구는 결코 타자에게 있지 않았다. 주인공 싯다르타가 정반합 과정에서 합으로 도출한 것은 자신의 내면세계에 초점을 둔 진정한 인간 자립의 성인이다. 그로부터 1세기가 지난 오늘날도 여전히 종교 문제로 갈등하는 사람들을 많이 본다. 갈수록 종교의 본질이 많이 왜곡된 까닭이다. 모든 종교의 본질은 사랑이다. 종교가 이원론적 편향성을 띠며 이현령비현령으로 자본의 속성과 맞물려 상업적으로 흐를 때는 답이 없다. 예수나 석가모니 모두 스스로 낮은 자리를 선택한 성자들이며 물질과는 거리가 먼 지존들이다. 이따금 사회가 혼란한 시기에 종교가 위안이 되지 못하고 오히려 사회악처럼 떠오를 때면 신앙인으로서 심한 내적 갈등을 겪는다. 향기가 없는 꽃은 나비나 꿀벌이 모여들지 않는다. 교리만 있고 사랑이 없는 종교는 향기 없는 꽃이나 다름없다.

언제부터인가 사람들 사이보다 녹음 짙은 자연에서 혼자 사색하거나 조용히 책 읽는 버릇이 생겼다. 들녘 한가운데 농막을 중심으로 사방팔

융합의 식탁

방 강물처럼 흐르는 무논에서 자연이 일깨우는 진리를 읽는다. 넉넉히 품어주는 자연에서 사유할 때 더 내면으로 깊어지고 평온함을 느낀다.

바람이 한차례 빗질하고 가자 주름처럼 잘 접힌 물살의 표면이 두 눈으로 옮겨와 긴 파문을 일으킨다. 잔잔히 일렁이는 물결을 오랫동안 보노라니 세속과 탈속의 경계가 거기 있다. 낮아야 넓어지고 깊어질 수 있어서 온 생명을 품는 물의 속성처럼 어느 때에 이르러 그렇듯 넉넉할 수 있을지 털어내야 할 세속의 먼지가 두텁다.

모든 생명의 근원이면서 하늘도 넉넉히 품고 바람에도 흔들릴 줄 아는 물은 그대로 경전이다. 강물은 무심히 흐르고 또 흐르며, 끊임없이 흐르지만, 언제나 거기에 존재하며, 언제 어느 때고 항상 동일한 것이면서도 매 순간 새롭다는 그 깊은 의미를 짚는다.

이 또한
지나가리라

최인철, 『굿라이프』

행복한 감정 상태는 부정적인 감정들과 긍정적인 감정들의 상대적
인 비율로 측정된다. 다만 긍정적인 감정 경험이 더 많을 때를 행
복한 상태라 말할 뿐이지, 부정적인 경험이 전혀 없어야 행복한 것
은 아니다.

행복처럼 주관적이고 실체 없는 낱말이 또 있을까? 요즘은 파란 하늘
만 보아도 좋다. 꽃처럼 핀 흰 구름을 보노라면 굳이 클래식에 귀를 열
지 않아도 마음이 고요하고 차분하다. 코로나 이후 정상적인 감성으론
예전 같은 하늘을 못 볼 줄 알았는데 삶은 슬픔과 기쁨의 변곡점을 오
가며 마디마디 시간의 문을 넘어왔다.

며칠 전 1년 동안 연락이 닿지 않는 후배가 궁금하여 전화를 걸었더
니 목소리에 힘이 없다. 잘 지내느냐고 물었더니 그동안 산속에 들어가
휴양하고 내려왔단다. 지난해 세계적으로 잘 나가는 모 회사의 주식을
2억 원 가까이 투자했다가 자꾸 폭락해서 원금 30%만 건진 후 매각했
다고 한다. 아파트를 전세 놓은 자금으로 운용한 것인데 다 날렸다고
울먹인다. 한 시간 동안 여러 이야기를 나누다 시간의 속성으로 마무리

융합의 식탁

를 지었다.

많은 사람이 좌우명처럼 삼는 "이 또한 지나가리라This, too, shall pass away"
는 관용구는 이따금 작은 위로를 준다. 행복하다는 이 순간도 불행하
다는 순간도 흘러갈 것이기 때문이다. 시간이라는 공통분모를 갖고 흐
르지만 자신의 관심을 어디에 두느냐에 따라 기쁨과 슬픔이라는 흑백
의 옷을 입는다. 그리고 보면 생각이 복을 짓는다.

다윗은 고대 이스라엘의 제2대 왕이다. 한미한 양치기 소년에 불과한
그가 블레셋 사람 거인 골리앗을 돌팔매질 하나로 대적한 후, 왕위까
지 오르며 승승장구하던 어느 날, 세공사를 불러 기쁠 때나 슬플 때나
두 상황에 꼭 맞는 문구를 넣은 반지 하나를 주문했다. 세공사는 다윗
왕의 아들 솔로몬 왕자를 찾아가 지혜를 청했고 '이 또한 지나가리라'는
문구를 받았다. 그리고 보면 다윗왕의 처세는 참 현명하다. 교만에 빠
질 법한 사태를 경계하며 자중한 모습이 남다르다. 대부분 고난이나 고
통이 닥쳤을 때 상태를 점검하는데 그는 미리 자기 검열과 자기 경영에
힘썼기 때문이다.

전 지구 차원의 코로나 사태가 길어지자 내가 속한 독서 모임은 가볍
게 '행복'이라는 주제를 선정해서 시리즈 독서를 이어갔다. 프랑수아 를
로르의 『꾸뻬 씨의 행복 여행』을 기초로 톨스토이의 『사람은 무엇으로
사는가』, 하임 샤피라의 『행복이란 무엇인가』, 최인철의 『굿라이프』를 비
롯해 총 여섯 권의 시리즈 읽기를 하면서 사회적 어젠다를 찾아가는 중
에 '행복은 우리 안의 관점에 있다'는 것에 의견을 모으고 가볍게 살 방

안들을 모색했다. 하임 샤피라가 책에서 재인용한 '이 또한 지나가리라'의 어원에서 긍정적 의미의 자극을 받고 최인철 교수의 책을 통해서는 행복한 감정 상태는 부정적인 감정들과 긍정적인 감정들의 상대적인 비율로 측정된다는 것에 관심을 모았다. 다만 긍정적인 감정 경험이 더 많을 때를 행복한 상태라 말할 뿐이지, 부정적인 경험이 전혀 없어야 행복하다고 정의하진 않는다.

그래서 다윗왕은 그 기쁨이 영원하지 않을 것임을 경계하며 '이 또한 지나가리라'는 문구를 반지에 새겨 넣고 늘 수신했을 것이다. 행복이라는 무형은 어디에 머물다가 현상처럼 드러나는 것이 아니다. 삶을 경영하는 관점에 따라 내 삶의 모양도 심지어는 신경세포도 달라진다. 욕망과 불행의 간극은 지극히 가까운 거리다. 욕망의 크기와 불행의 크기는 비례하기 때문이다.

눈을 'What'과 'How' 중 어디에 걸어야 할까? 행복은 그 관점 사이다.

융합의 식탁

태양의
삶

니코스 카잔차키스, 『그리스인 조르바』

나는 자유를 원하는 사람만이 인간이라고 생각합니다. 여자는 자
유를 원하지 않아요. 여자도 인간일까요?

삶은 욕망한 만큼 중력의 지배를 받는다. 그리스 크레타 섬 정오의 해
변엔 한 마리 자유로운 사자가 산다. 니코스 카잔차키스의 『그리스인 조
르바』, 그의 삶은 바람에도 걸리지 않는 가벼운 삶이다. 유한한 삶을 무
한한 자유인으로 살다간 조르바는 곧 니코스 카잔차키스가 긍정적으
로 추앙하는 인물이다.

인간의 무의식적 이드id를 그대로 노출하고 규범으로부터 먼 원심력으
로 살아가지만, 그의 중심엔 무봉無縫의 순수한 선성이 있다. 원석 그대
로처럼 거칠고 모난 부분을 드러내지만, 가식 없는 그의 호탕함에 이끌
린다. 앞으로 어떻게 살 것인가. 그것이 이 책이 던진 화두이다. 삶은 무
소의 뿔처럼 혼자서 가는 순례이다.

"나는 자유를 원하는 사람만이 인간이라고 생각합니다. 여자는 자유
를 원하지 않아요. 여자도 인간일까요?"

성명 축일 잔치 참석 여부를 놓고 여인과 나눈 대화에서 조르바가 언급한 대목은 깊이 사유할 부분이다. 여자는 자유를 원하지 않는다는 조르바식 해석이 여자들을 세속적인 가치로 묶은 것이라면 욕망의 크기가 무거운 여자들은 결코 자유 할 수 없다는 의미이다. 큰 그림과 작은 그림을 그리는 기준으로 성(性)을 구분한 조르바적 사고가 가슴 아프다. 그러나 남성 중심의 오랜 제도와 인식이 구조화한 여자의 전형이 조금씩 수정되고 해체되는 중이니 생래적인 부분인지는 좀 더 탐구할 부분이다.

1인칭 관찰자인 '나'는 펜과 책을 통해 세상을 읽고 체험한 사람이다. 그가 고독 가운데 대적했던 문제를 조르바는 날 몸 그대로 가볍게 풀어내고 산속의 맑은 대기까지 향유하며 살아왔다. 이야기를 진행하는 주인공 '나' 두목처럼 어쩌면 조르바야말로 내가 무의식으로 살고자 하는 욕망의 대상이다. 책상에 앉아 남들이 써낸 지성의 사다리를 타고 머리로 세상을 경험해 온 주인공처럼 그동안 내게도 유일한 삶의 놀이터가 책상이었다. 이제 턱 괴고 먼 산 바라보던 작은 창문을 닫고 서서히 대문 빗장을 풀어야 한다. 쇳덩이처럼 무거운 욕망을 내려놓고 세속의 어떤 그물에도 걸리지 않는 바람처럼 가볍게 자유할 때이다.

태양의 삶을 살다간 그리스인 조르바의 삶은 어쩌면 우리가 도달해야 할 마지막 미션인지도 모른다. 조르바의 삶은 욕망한 바가 없기에 두려울 것도 없고 그러기에 공기의 발뒤꿈치처럼 워킹해 온 삶이다. 낮 12시 정오의 주인공처럼 민낯 그대로의 모습으로 사는 단계가 황금빛 태양의 삶이다.

크레타 섬은 하나의 상징적 공간이다. 창조적인 공간으로 조르바의 자유가 날개를 단 공간이다. 조르바는 과하다고 할 정도로 자유인의 삶을 살았다. 호탕하고 자유분방한 그 정신에 매력을 느끼면서도 여성 편력에 일관한 자유의 한계성을 느낀다. 그가 던진 강렬한 메시지, 여자는 정말 자유를 원하지 않는 존재일까? 아무래도 자유로울 수 없는 사회 구조 때문일 것이다. 나는 지금 내 삶의 주인으로 살고 있는가? 도자기를 만드는데 손가락이 거치적거린다는 이유로 손가락을 절단한 조르바는 아니더라도 내 노선을 방해하는 요인을 과감히 제지하며 살고 있는가? 나를 비롯하여 모든 인간이 인간 실존으로서의 자유를 누리는 통 큰 세상의 큰 그림을 기대한다.

무심천은
서사시다

세상 모든 것은 끊임없이 변하기 때문에 우리는 같은 강물에 두
번 발을 담글 수는 없다는 고대 그리스 철학자 헤라클레이토스의
말처럼 이 무심천 또한 삼십 년 전의 그 무심천은 분명 아니다.

비발디 〈사계〉 중 겨울 2악장이 잔잔히 흘려 퍼지는 차창 밖으로 무
심천 변 갈대가 한가로이 나부낀다. 추억 속 무심한 영상들이 흑백으로
스칠 때 갓길에 자동차를 주차하고 오랫동안 바라본다. 지난달 〈꿈꾸
는 책방〉에서 진행하는 '무심천 연가'에 참석했다가 진행자의 느닷없는
호명에 가슴 깊이 묻어놓은 추억을 누설하곤 며칠째 가슴이 허했다. 아
무래도 사랑방 같은 분위기에 마음 깊이 젖은 탓이다.

청주에서 태어나 지천명이 넘도록 청주를 벗어나지 못하고 늘 무심천
반경을 오가는 생활이 마치 임마누엘 칸트의 삶이다. 내게 무심천은 서
정과 서사를 아우른 공간이며 오래전 인기리에 방영한 〈겨울 동화〉같
이 물안개 스멀거리는 아슴한 곳이다.

풋풋한 여고 시절, 짝사랑에 눈뜬 대상은 불행히도 막 총각 딱지를
떼고 신혼에 한창인 담임 선생님이다. 선생님께 잘 보이려고 별 흥미 없

는 수학시험을 몇 번이나 만점을 맞고 학년 말엔 우리 반 고정 1등 자리도 뒤바꾸는 혁명까지 일으켰다. 여고 3년 내내 쓴 두툼한 일기장이 당시 상황을 말해준다. 내색 한 번 안 했는데도 어찌 아셨는지 의도적으로 냉정하고 무심한 듯 대하셨다.

그러던 어느 날 영원히 이 무심천을 서사적 공간으로 품는 사건이 발생했다. 청주 시내 고등학교를 총동원, 하계 무심천 풀베기 봉사가 있던 날, 낮으로 풀베기 작업을 하다가 코앞의 물뱀을 보고 놀라 지른 비명에 아이언맨처럼 나타나신 선생님은 어디 다친 데 없느냐고 허둥대며 살피셨다. 그것이 처음으로 선생님과 비공식적으로 나눈 첫 대화이자 마지막 지근거리였다. 풀 무성한 여름날 꽃다리에서 모충교 쪽을 지날 때면 그 추억이 벚꽃 망울처럼 몽글몽글 피어난다.

졸업식 날, 한 사람씩 악수하며 덕담으로 추천하신 안병욱 에세이『인생론』은 내 인생의 사상적 기반이었고 그 계기로 독서광이 된 나는 국문학 전공 후 학교에서 독서 관련 수업을 하며 문학 활동을 하고 있으니 내 삶에 미친 선생님의 영향은 매우 크다.

그 이후로도 여전히 무심천을 벗어나지 못했다. 사직동 대교 쪽에서 시내로 향하는 무심천 변 세 번째 벤치는 첫 미팅에서 만난 법학도에게 김홍신의 장편소설『인간 시장』의 주인공 장총찬 무용담을 들으며 물소리 미학에 빠졌던 서사적인 자리이다. 장총찬 캐릭터와 흡사했던 그는 지금쯤 어떤 삶을 살고 있을까? 첫눈 내리는 날 다시 만나기로 해놓고 무심히 흘려버린 세월이 삼십 년이다.

무심천은 그렇듯 내게 연인 같은 존재이다. 그만큼 스토리가 있는 공간인 까닭이다. 늘 마음이 공허하고 쓸쓸할 때 말없이 찾아와 바라보면 묵묵히 품어주는 존재, 굳이 속내를 말하지 않아도 혹독한 사춘기와 4차원 같은 문청 시절을 보내는 내내 늘 변함없이 지켜봐 준 곳이 무심천이다.

언젠가 서울에서 열리는 문학 세미나에 가는 길에 동승한 차 안에서 문학 평론가 권희돈 교수님이 무심천은 서정시고 한강은 서사시라고 비유했던 말이 기억난다. 청주에서 자라 학창시절을 보낸 내 또래들에게 무심천은 서사적인 공간으로서의 의미가 더 짙을 것이다. 세상 모든 것은 끊임없이 변하기 때문에 우리는 같은 강물에 두 번 발을 담글 수는 없다는 고대 그리스 철학자 헤라클레이토스의 말처럼 이 무심천 또한 삼십 년 전의 그 무심천은 분명 아니다.

그러나 이 무심천을 배경으로 한 추억들이 있고 무심천 변 언저리에서 8할의 시심을 키우며 정서적인 위안을 얻고 살아가니 여전히 무심천은 가슴 저 심연으로 연결된 감성의 탯줄이다.

융합의 식탁

바다는 비에 젖지
않는다

이영숙, 「은갈치와 어머니」

(중략)··· 물비린내를 타고 솟구치는/은갈치 한 마리/주름처럼 펼
쳐놓은 흰 밥상이/어머니가 차린 밥상이라는 것을 알 무렵이면//
육지로부터 빈 소주병 하나 밀려와 밥상을 서성인다.

바다는 비에 젖지 않는다는 저 지고至高한 모습에 넋을 빼앗긴 헤밍웨
이를 떠올린다. 그는 『노인과 바다』를 끝으로 삶을 접었다. 『노인과 바다』
는 1954년 노벨문학상을 받은 작품이다. 인간의 실존 문제를 다룬 이
작품은 여전히 많은 반향을 일으키며 전 세계인의 사랑을 받는 스테디
셀러다.

노인이 돛 하나 달랑 띄운 조각배를 타고 먼바다까지 나가 그 노쇠한
몸으로 6m 가까운 청새치를 낚은 후 다시 청새치를 공격하는 상어와
사투를 벌이면서 끝까지 앙상한 뼈다귀라도 지켜내고자 한 신념은 무엇
일까. 실용주의처럼 결과 중심의 업적을 생산해내야 할 시스템에선 무
모한 투쟁이며 비난받을 일이다. 실제로 대학에서 학생들과 이 작품을
놓고 하브루타 수업을 했을 때 많은 학생이 노인의 무모함을 비난했다.
물질적 가치가 정신적 가치보다 우선할 수 없다고 생각한 학생조차도

결국 자신도 산티아고처럼 목숨을 위협받는 상황이라면 잡은 청새치를 포기했을 거라고 말했다.

"인간은 패배하도록 창조된 게 아니다. 파멸할 수는 있을지 몰라도 패배할 수는 없다."

노인의 이 말처럼 살면서 이따금 정신적 가치와 물질적 가치가 충돌할 때 딜레마에 빠진다. 바다는 노인에게 무엇이며 청새치는 무엇인가. 해변에서 뛰어노는 사자 무리의 꿈을 꾸며 깊은 잠에 든 노인의 애잔한 모습에서 인간이 마지막 순간까지 지켜내고 싶은 자존감을 읽는다. 거칠고 사나운 인생의 바다에서 각자가 쟁취하고자 하는 삶의 청새치는 서로 다르다.

내가 보는 바다는 어머니 품 같은 여성 이미지다. 어머니는 마지막 숨을 몰아쉬는 그 순간까지 우리에게 사람답게 살아야 당당할 수 있다고 당부하셨다. 자식은 물론 부모라도 의롭지 못한 일을 하면 역성들지 말라고 하셨던 어머니를 이제 어디에서 만날까.

갈치조림을 유난히 좋아했던 어머니는 생선 살보다 조림 국물에 밥비벼 드시는 걸 즐기셨다. 지금 생각하면 그것도 자식들 먹이려던 전략이었는지도 모른다. 몇 년 전 이곳 남해에서 따개비와 거북손을 잡으며 소녀처럼 깔깔거리시던 모습, 바다를 품고 스러지는 저녁 해를 보며 감탄을 자아내시던 모습이 필름처럼 스친다.

여자를 두 번 죽여야 어머니가 된다던가. 아름답고 예뻐지고 싶은 어머니도 여린 여자였지만, 자식들이 어머니의 여성성을 거세하고 강한 어머니로 재창조했는지도 모른다. 게으른 사람의 몸은 악마의 놀이터라며 아무것도 하지 않을 때 병도 찾아오고 우울도 찾아오는 법이라고 늘 몸을 움직이셨던 어머니, 헤밍웨이가 바다를 '라 마르$^{la mar}$', 여성적인 공간으로 해석했듯이 이 바다에서 어머니가 드리운 큰 품을 읽는다.

"해가 물품으로 들어가면
바다는 조용히 해를 품고
밤새워 뒤척이며 자잘한 입덧을 한다

쿨룩거리며
태동하는 은갈치의 환희
긴 꼬리로 활강하며 획을 긋는 무렵이면

물품이 된 내 어머니
마른 가슴도 부표처럼 떠올라 흔들린다

물비린내를 타고 솟구치는
은갈치 한 마리
주름처럼 펼쳐놓은 흰 밥상이
어머니가 차린 밥상이라는 것을 알 무렵이면

육지로부터 빈 소주병 하나 밀려와 밥상을 서성인다"

– 이영숙, 「은갈치와 어머니」 전문

바다는 여성적인 공간이다. 은갈치는 돌아가신 어머니가 이 땅의 자식들을 위해 차려낸 밥상이다. 어머니는 눈을 감고도 자식들 배곯을까 살림의 밥상을 차리시는 그런 위대한 존재이다.

숲에서 힐링하기

전병호, 「낙엽 쓸기」

쓸어도 또 낙엽이 떨어지는데/아기 스님이 절 마당을 쓴다.//"또 떨어지는데 왜 쓸어요?"/"깨끗한 땅에 떨어지라고요."

연녹색 조끼를 맞춰 입은 숲해설가들 서넛이 넓은 주차장을 덮은 낙엽을 쓸고 있다. 숲해설가는 숲에서 삶을 낚는 사람들, 자연 휴양림을 찾는 관광객들에게 숲의 생태와 역사 등을 설명하여 주는 사람을 말한다. 거들고 싶은 마음에 서둘러 의자에 걸친 빗자루를 들고 다가서니 손사래다. 문득 전병호 시인의 시가 떠오른다.

쓸어도 또 낙엽이 떨어지는데
아기 스님이 절 마당을 쓴다.

"또 떨어지는데 왜 쓸어요?"
"깨끗한 땅에 떨어지라고요."

– 전병호, 「낙엽 쓸기」 전문

낙엽이 깨끗한 땅에 떨어지게 하려고 또 쓴다는 마지막 4행 때문에 학생들과 독서논술 수업 마치는 시로 자주 낭송하던 시이다. 목적이야 어떻든 당분간 깨끗한 땅에 우수수 떨어질 나뭇잎들을 보고 많은 이가 감탄할 것이다.

낙엽 쓰느라 이마에 송골송골 땀방울 드리운 모습들을 보니 가슴이 따뜻하다. 그곳에서 숲해설 실습이 있는 날이라 집에서 준비해간 드립 커피와 과일을 펼쳐놓고 낯선 분위기를 데웠다. 사무실 벽면 한쪽에는 숲 해설 관련 책들과 즐비한 도감들이 꽂혀있다. 이곳에 근무하는 숲해설가들의 깊은 전문성이 엿보인다. 도란도란 차를 마시면서 몇 권의 책을 훑어보는데 낯익은 이름이 보인다. 『숲해설가가 말하는 숲 이야기』, 『이야기가 있는 용정산림공원』, 그날 숲 실습을 담당할 주 강사 이름이다. 현장에서 관찰하고 활동한 것들을 바탕으로 세밀하게 엮은 몇 권의 책을 통해 그가 지닌 내공을 느낀다.

작성해간 가상 실습계획서를 꺼내 책상에 올려놓으니 세세하게 항목을 짚어가며 꼼꼼하게 체크를 한다. 제목과 목표를 연결하여 작성하는 법과 본 활동에서 세부항목을 설정하는 방법까지 일목요연한 지도방식이다. 오랜 관록의 전문성으로 술술 풀어가는 그 과정을 보면서 이 단계까지 오기 위해 그가 무수히 뿌렸을 엄청난 시간을 가늠한다. 숲 해설은 가르침이 아니라 숲에서 얼마나 웃고 힐링하였는지가 주 활동이라서 교육적인 부분은 삽입하면 안 된다고 지적한다. 숲은 힐링과 치유의 놀이터이어야 하는데 자꾸 버릇처럼 교육적인 부분을 섞으려고 하니 아무래도 제도권 수업 안에서 자동화된 습관이다.

두 분의 숲 해설 전문가와 함께 용정산림공원 일대를 돌며 초본, 관목, 목본, 곤충 관찰을 하는 중에 유독 붉은 열매들이 많이 띈다. 다가가 살펴보는데 관찰 가방에서 루페를 꺼내 확대하여 보여준다. 들깨처럼 작은 이것이 참나무에서 떨어진 구슬벌레혹집이라니, 얼핏 보면 영락없는 씨앗이다. 그러고 보면 우리가 안다는 인식 체계는 얼마나 허술한가. 카메라와 관찰 통을 장착하고 탐구자의 모습으로 숲을 모니터링하는 모습은 전문가의 포스이다.

나무를 보면 그 기주식물도 알 수 있다는 것과 산초나무가 호랑나비 애벌레의 기주나무라는 사실도 흥미롭다. 곱게 빗질한 듯한 '산그늘'을 보자 장난기가 발동하여 머리처럼 땋아 놓았다. 아는 만큼 보인다고 이제 숲은 이전의 단순한 숲이 아니다.

산그늘이 빠져나갈 무렵까지 모니터링하고 내려오는데 허기가 밀려온다. 숲 해설가 한 분이 노란 계수나무 잎 하나를 코끝에 대주니 달고나 향이 가득하다. 한바탕 웃으며 발걸음을 내딛는데 얼룩대장노린재 한 마리가 길을 막는다. 산행 길목이라 수풀 더미로 옮겨주고 내려오면서 늦게나마 숲이 주는 치유를 제대로 향유할 수 있어서 감사하다.

자연은 상상
그 자체다

요시후미 미야자키, 『삼림욕』

도심에서 일반 공기를 흡입했을 때보다 장미 향 같은 꽃향기를 맡았을 때 전두엽 활동이 감소하면서 스트레스 수준이 낮아지는 것을 증명했다.

나미브 사막의 딱정벌레가 안개 낀 모래 언덕을 응시하며 뒷배를 올렸을 때 다른 종들은 사막을 떠나면서 비웃었다. 조상 때부터 물려받은 골진 부분으로 이슬방울을 모아 입 쪽으로 흘려보냈을 때도 삽으로 태산을 옮기는 일이라고 조롱했다. 그러나 그 지루함이 생명줄을 이어가는 생존 방식으로 자리 잡을 때 그곳엔 아무도 없었다. 다만 그곳을 지나던 순례자의 예리한 해석만 작용했을 뿐이다.

끝이 보이지 않는 바이러스와의 전쟁으로 생태계의 피라미드도 서서히 붕괴하고 있다. 2019년도 돌연 지구상에 출몰한 코로나바이러스는 여러 가지 삶의 모양을 바꿔놓았다. 마치 마스크를 쓰지 않으면 적나라한 생식기를 드러낸 것처럼 부끄러운 일로 느껴지고, 사람을 대할 때도 웃는 건지 화난 건지 표정 살피기가 어려워 종종 오해가 발생하는 해프닝도 있었다. 어쨌든 지금은 나미브 사막의 딱정벌레처럼 요원한 길이지

융합의 식탁

만, 모두가 생존을 위해 묵묵히 수행 중이다.

사람과의 물리적 거리를 유지하다 보니 요즘 산림에서 머무는 시간도 점점 는다. 아파트보다 전원주택을 선호하는 층이 많아지는 것도 아마 코로나 시대를 겪은 그 스트레스 후유증 때문일 것이다. 스트레스를 많이 받은 사람이 흐르는 계곡에 침이라도 뱉으면 물의 육각수 형태가 깨질 정도로 그 침엔 독이 가득하다고 한다. 그러니 그 몸속에 흐르는 혈액의 상태를 묻는 것은 우문이다.

학문도 과학 문명 쪽에서 자연 산림 생태학 쪽으로 이동하는 추세이다. 생태계의 생물적 구성원인 동물, 식물, 미생물, 바이러스는 서로 먹이사슬과 공생, 기생 관계를 이루며 조직화한다. 동물 우위에서 인간 중심으로 피라미드화한 공식구조가 재고되는 시점에 생물학적 요소와 물리적 요소의 역동 관계를 분석하면서 다양한 시스템의 산림 생태학이 급부상 중이다.

며칠 전 성인 숲 놀이터를 구상하는 '더 팜' 대표로부터 요시후미 미야자키가 지은 '숲에서 몸과 마음의 평화를 찾다'라는 부제의『삼림욕』한 권을 선물 받아 읽고 있다. 눈에 잘 보이지 않는 바이러스 하나 때문에 전 세계 인류가 휘청거리는 순간, 인간 중심의 절대주의가 만들어낸 고등동물 공식은 이미 무너진 상태지만 작가가 제시한 한 문장이 여운을 남긴다. 그는 실험을 통해 도심에서 일반 공기를 흡입했을 때보다 장미향 같은 꽃향기를 맡았을 때 전두엽 활동이 감소하면서 스트레스 수준이 낮아지는 것을 증명했다.

인간들이 점점 대지로부터 탯줄을 끊고 문명으로만 향했던 길목엔 레드카펫만 펼쳐져 있진 않았다. 인간 중심에서 해석한 가치체계가 흔들리면서 생태계의 도식도 새롭게 재편하고 있다. 산림 생태학의 방향은 절대주의 공식을 무너뜨리고 자연과 공생하고자 하는 과학적 접근방식이다. 이번 코로나 사태로 우리는 많은 것을 재고하고 재편했다.

나미브 사막의 딱정벌레가 사막의 안개에 맞서 생존을 이어갔듯 우리도 잃어버린 낙원을 회복하는 길에 자연을 상상 그 자체로 보아야 한다. 영국 출신의 삽화가인 윌리엄 블레이크William Brake는 존 밀턴의 『실낙원』 삽화로 유명한 화가이다. 그의 시선처럼 자연에 폭력을 가하지 않고 그대로 보는 일이 우리 스스로 잃어버린 실낙원을 회복하는 일이다.

> "누군가 나무를 보고 감동하여 기쁨을 흘리지만
>
> 같은 나무를 그저 길에 서 있는 녹색 물체로만 보는 사람도 있다.
>
> 자연을 조롱의 대상이자 흉측한 것으로 보는 사람도 있고,
>
> 자연을 보려 하지 않는 사람도 있다.
>
> 하지만 상상력을 가진 사람의 눈에 자연은 상상 그 자체다"
>
> – 윌리엄 블레이크

어디서
살 것인가

공광규, 「담장을 허물다」

고향에 돌아와 오래된 담장을 허물었다/기울어진 담을 무너뜨리고 삐걱거리는 대문을 떼어냈다/담장 없는 집이 되었다/눈이 시원해졌다//우선 텃밭 육백 평이 정원으로 들어오고/텃밭 아래 사는 백 살 된 느티나무가 아래 둥치째 들어왔다./ …(중략)

하루가 다르게 도시가 자란다. 울트라 고속성장이다. 여전히 인류는 지금도 이 땅에 거대한 콘크리트 무덤을 쌓는 중이다. 그 미로 속 빼곡한 콘크리트 사이를 오가는 자동차 행렬과 분주하게 오가는 사람들, 도심 속 콘크리트 높이를 키운 만큼 부레 없는 상어처럼 쉼 없이 지느러미를 움직여야 한다. 화려한 문명의 미끼를 입질한 만큼 치러야 할 대가이다.

정주하지 못하고 쉴 새 없이 움직이는 우리 삶의 현주소를 묻는다. 문명이라는 이름으로 구속된 우리는 이미 오래전 영혼의 고향을 잃은 실향민이 되었다. 그래서일까. 요즘 베이비부머 세대 가운데 전원주택을 옹호하는 사람도 많고 도심에서 가까운 곳에 농막을 만들어 5도 2농 생활을 하는 사람도 느는 추세이다.

4장 / 강물로부터 듣다

월든 호숫가의 소로우처럼 오롯이 자연에 의탁하여 살아가는 순수 자연인도 많지만 도심과 자연을 오가며 반반 걸쳐 사는 반쪽 자연인도 많다. 우리나라에 〈나는 자연인이다〉라는 TV 프로그램이 있다면 미국의 월든 호숫가엔 문명사회에 반대하며 숲속에 간단한 오두막을 짓고 2년여 동안 최소한의 비용으로 자급자족한 삶을 살던 헨리 데이빗 소로우가 있다.

문명을 따르지 않으니 구속받을 일 없던 그의 삶은 가난하지만 비교적 자유롭고 평화로웠다. 하버드대학이라는 명문 학도이면서 굳이 날품팔이 목수 일을 선택했던 소로우는 문명을 버린 만큼 잠시나마 자유증서를 얻어 자기만의 독립된 삶을 추구했던 인물이다. 고용주가 되어 스트레스를 뒤집어쓰고 사는 것보다 자유롭게 노동을 팔며 자유를 선택할 수 있는 날품팔이를 가장 이상적인 직업으로 생각했던 그는 실제로도 그런 삶을 살았다.

나 역시 3년 전부터 주말농장에 컨테이너 농막을 놓고 5도 2농의 삶을 사는 중이다. 원두막에 앉아 책을 읽고 평화롭게 앉아 글을 쓰리라던 파스텔톤 꿈은 사라지고 틈틈 김매는 가운데 끊임없이 들어오는 지인들 때문에 책 한 장 넘기지 못하고 올 때가 다반사이다. 그래도 책보다 자연에서 진리를 발견하고 온갖 꽃에 눈을 빼앗기는 이유가 더 크다.

땀 흘리며 노동한 후 시원한 지하수 한 모금 들이키고 개울가 옆 바위에 가부좌를 틀고 앉노라면 푸른 들녘이 시야에 가득 들어와 박힌다. 입가엔 절로 공광규 시인의 「담장을 허물다」라는 시구가 흐른다. 나야

융합의 식탁

말로 시적 화자처럼 이 넓은 들녘의 큰 영주가 된다.

> "고향에 돌아와 오래된 담장을 허물었다
> 기울어진 담을 무너뜨리고 삐걱거리는 대문을 떼어냈다
> 담장 없는 집이 되었다
> 눈이 시원해졌다
>
> 우선 텃밭 육백 평이 정원으로 들어오고
> 텃밭 아래 사는 백 살 된 느티나무가 아래 둥치째 들어왔다
> 느티나무가 그늘 수십 평과 까치집 세 채를 가지고 들어왔다
> 나뭇가지에 매달린 벌레와 새 소리가 들어오고
> 잎사귀들이 사귀는 소리가 어머니 무릎 위에서 듣던 마른 귀지 소
> 리를 내며 들어왔다
>
> …(중략)
> 공시가격 구백만 원짜리 기울어가는 시골 흙집 담장을 허물고 나서
> 나는 큰 고을의 영주가 되었다"
>
> – 공광규, 「담장을 허물다」 부분

땀 흘려 노동한 만큼 주머니가 넉넉하지 않지만 하루가 다르게 쑥쑥
올라오는 농작물에서 얻는 정서적 가치는 물질로 환산할 수 없다. 온통

짙푸른 들녘이 정원으로 들어오고 이따금 고라니 내달려 놀라기도 하지만 문명 공간보다는 대지인 자연을 선택했기에 누릴 수 있는 자유 증서이다. 우리 삶의 평화로움의 랜드마크는 자연이다. 녹음 우거진 곳에 들어서면 마음이 평온하다. 숲은 바라는 것 없는 그대로의 넉넉한 성전이다.

미리 내준
밥값

이묘신, 「미리 내준 밥값」

알지 못하는 누군가를 위해/미리 내놓은 밥값//미리내 식당 앞 표
지판에/붙여놓은 종이들도/점점 늘어난다.
2인분 값 미리 냈어요/배고픈 분들 드세요.// …(중략)

"밥 한 끼 해요."

밥을 같이 먹는다는 일은 그만큼 그 사람과의 거리를 좁히고 친밀도
를 높이려는 애정이며 관계 형성의 첫 단추를 끼우는 일이다. 적어도 밥
한 끼 같이 먹을 정도라면 무심히 스치는 인생의 나그네는 아니라는 의
미이다.

예전엔 '밥'이라는 의미는 주요 생존 수단으로서의 끼니였다. 그래서
만나거나 헤어질 때마다 "식사는 하셨습니까? 끼니 꼭 챙겨 드세요"가
일반화된 인사치레였다. 밥심으로 사는 시대였기 때문이다. 이렇듯 밥
이 생존과 관련된 물질적 의미로서의 끼니 기능이라면 오늘날 '밥'이라
는 의미는 사회 인적 관계망을 구축하려는 연결 고리로서의 의미가 더
크다. 밥 한 끼 하는 일이 단순한 생존 기능이든 관계로서의 매개 기능
이든 포지티브로서의 의미임은 분명하다.

그런데 요즘 생존 의미, 관계 의미에서 나눔 차원인 사랑이라는 의미 기능이 점점 더 확대되고 있다. 나 역시 요즘같이 어려운 세상에서 예년보다 더 잦게 실천하는 인정 프로젝트 하나가 집밥 문화이다. 오래전 〈한 끼 줍쇼〉 프로그램을 보고 착안하여 좀 더 친밀한 사람들과 만남이 있을 때면 집으로 초대해서 함께 만들어 먹는 집밥 문화를 이어가는 중이다. 단 입장료는 집에 남아도는 것을 재활용, 새활용의 차원으로 나눔 하거나 그냥 맨몸으로 출입하는 것으로 새로 산 것들은 반입금지라는 규정을 정했다. 그런 까닭에 웃을 일도 참 많이 생겼다. 어떤 사람은 손뜨개용 수세미 하나를 들고 오고, 어떤 사람은 잘 신지 않는다는 덧신 한 켤레, 어떤 사람은 콩 한 사발을 들고 왔다. 가장 기억나는 따뜻한 품목은 속옷이었는데 사이즈가 맞지 않아 함께한 일행에게 넘어갔다.

이 일은 코로나 사태를 겪은 후 지구환경에 새롭게 눈 뜬 미니멀 라이프 실천의 일환이며 인공지능 시대에 인간다움의 문화를 잃지 않으려는 정 문화 실천의 일환이다.

지난번엔 동시집을 낸 후배가 있어 축하 겸 집으로 초대하여 열무와 갖은 채소를 넣은 비빔국수를 내놓았다. 후배가 밥값으로 들고 온 동시 제목 「미리 내준 밥값」을 보는 순간 가슴이 훈훈했다. 알지도 못하는 사람을 위해 음식점에 밥 한 끼 값을 내놓는 일이란 얼마나 따뜻한 움직임인가?

융합의 식탁

"알지 못하는 누군가를 위해
미리 내놓은 밥값
미리내 식당 앞 표지판에
붙여놓은 종이들도 점점 늘어난다.

2인분 값 미리 냈어요
배고픈 분들 드세요.

휴가 나온 군인에게
비빔밥 2그릇

힘내세요
설렁탕 1그릇

알바생에게 따뜻한 밥
한 끼 먹이고 싶어요."

– 이묘신, 「미리 내준 밥값」 전문

언젠가 진은영 시인은 시인의 사회적 위치와 기능에서 시인이란 사람들을 연결하는 삶의 언어가 되도록 이 사회의 마지막 청자listener로서 역할을 해야 한다고 피력했다. 그런 맥락으로 이묘신 시인 역시 사람들 사이에 난 간극을 동시라는 매체로 연결하여 몽롱한 양심을 툭 쳐서 움직이는 마력이 있다. 아무 음식점에 들러 생면부지의 사람들을 위한 밥 한 끼 값을 내놓고 나올 정도의 사람들이 사는 곳이라면 그곳이야말로 신도 머물고 싶은 인간 도시일 것이다.

화두로 던진 「미리 내준 밥값」은 한 번쯤 실천해볼 숙제로 남겨두고 우선 주말 농장에서 수확해온 상추와 쑥갓을 커다란 양파망에 담아 덜어갈 봉지와 함께 오르내리는 엘리베이터 귀퉁이에 놓아두었다.

"주말 농장에서 수확한 유기농 상추입니다. 드실 만큼 예쁘게 덜어 가셔서 따뜻한 밥 지어 보세요."

밥은 징검다리 놓는 일이다

문동만, 「밥이나 하라는 말」

'밥'이라는 말을 능가하는 따뜻한 단어가 또 있을까. 밥은 정을 잇는 징검다리다. 삶 가운데 그 징검다리 놓는 일이 얼마나 중요한가. 밥을 함께 하는 일, 누군가를 위해 밥상을 차리는 일은 불내의 식구가 되는 일이며 서로의 삶을 잇는 일이다.

시인은 어떻게 사는 것이 바람직한가? 라는 자문에 평균성으로 매기는 폭력에서 벗어나 각 존재자가 지닌 고유성을 찾으려는 시적 근육을 기본노선으로 갖춰야 한다는 생각이다. 내가 시를 쓰는 이유도 중력에서 벗어난 자력과 자립에 있다. 의식이 건강한 자기로 사는 길은 우리가 시시때때로 바꿔 쓰는 무수한 페르소나를 가급적 최소화하는 길이다.

그러고 보니 가깝게 지내는 문우들도 페르소나 숫자가 적은 편이다. 집을 느닷없이 방문해도 의연히 맞고 식사 때면 냉장고에 있는 반찬 그대로 차려 먹을 정도이니 건강한 자기로 잘 사는 편이다. 한밤중에 불러내도 화장기 없는 민낯에 티셔츠와 청바지 차림으로 단걸음에 움직일 수 있는 막역지우들이니 각은 없는 편이다. 잘하면 잘하는 대로 못하면 못하는 대로 따뜻한 밥상을 이어가는 사람들, 그런 그들이 풀어내는 글밭의 기본이야 안 봐도 따뜻함이다.

　어느 날 유성 떨어진다는 자정에 밥솥 긁어 간단히 볶은 김치, 고추장 멸치 박아 주먹밥 둘둘 뭉쳐 부스스 오르던 상당산성, 돗자리 깔고 나란히 누워 밤하늘의 별자리를 읽던 그 모습은 그대로 동화이다. 느닷없는 시간에 느닷없이 만나 '거친 밥 먹고 물 마시고 팔베개하고 누워도 즐거움이 또한 그 가운데 있나니 의롭지 않게 얻은 부와 명예는 내게 뜬구름'이라는 공자의 삶이다. 밥이 하는 역할은 형언할 수 없다. 어떤 곳이든 밥이 있는 곳엔 사람의 진한 온기가 있다.

　내륙문학회 시분과 모임에서 6월 합평 텍스트로 문동만 시집 『설울 일 덜 생각하고』를 선정했다. 시집은 다른 문학작품과 달리 고난도 입체적 독해가 필요한 분야라 간단히 저녁 식사를 마치고 아파트 내 도서관에서 집중 읽기를 마쳤다.

　시집을 덮고 나니 「밥이나 하라는 말」 시가 깊은 여운으로 남는다. 삼십 대 초반 갓 운전면허를 취득한 후 빨간 승용차를 타고 다닐 때 몇 번 들었던 말이다. 그래서 어떤 여성 운전자들은 자동차 뒤편에 '밥해 놓고 나왔수'라는 문구를 붙이기도 했다. '밥이나 하라는 말'의 의미는 '여자가 무슨 운전이냐'를 내포한 빈정거림일 것이다. 그 밥의 의미가 개념적으로 얼마나 큰지 모르고 '밥이나 하라'는 식으로 폄하하니 문 시인이 시집 앞장에 배열한 이 시로 충분한 일침이다.

"밥 차리러 가는 당신 때문에

나는 살았다

흙 묻은 손으로 씻어준

알갱이들 때문에

밥을 차리러 간 사람들 때문에 우리는 가까스로 이어가며 살 수 있

었다

쌀을 구하러 손발이 닳던 노동 때문에

화구에 불을 넣고 연기를 쐬던

주름진 노역 때문에

수심이 깊은 밥주걱 때문에

개수대로 쓸러가는 수챗물처럼

아무 것도 아닌 인생 때문에

밥물이 한소끔 끓을 시간만큼도

못 살다 간 인생 때문에

우리는 살 수 있었다

그러니

들어가 밥이나 하라는 말은

쉰밥만도 못한 말

밥을 버리라는 말

밥의 자식이 아니라는 말

불내의 식구가 아니라는 말

- 문동만, 「밥이나 하라는 말」 전문

  시인의 말처럼 우린 밥의 자식들이다. '밥'이라는 말을 능가하는 따뜻
한 단어가 또 있을까. 밥은 정을 잇는 징검다리다. 삶 가운데 그 징검다
리 놓는 일이 얼마나 중요한가. 밥을 함께 하는 일, 누군가를 위해 밥상
을 차리는 일은 불내의 식구가 되는 일이며 서로의 삶을 잇는 일이다.
그래서 누군가에게 '밥이나 먹자'는 약속을 허투루 하진 않는다. 밥 먹
자는 말은 곧 신의다.

5장

내가 나를 만든다

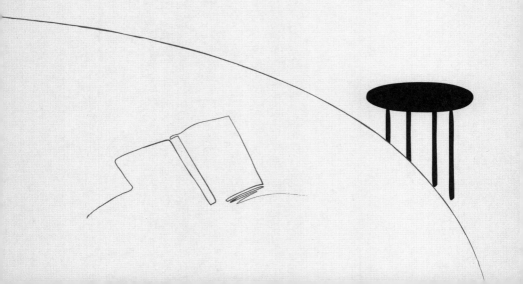

내가 나를
만든다

니코스 카잔차키스, 『그리스인 조르바』

우리 내부의 터키라고 할 수 있는 무지, 악의 공포 같은 모든 형이
상학적 추상으로부터 해방을 쟁취하기 위한 투쟁, 우상이라고 일
컫는 것, 우상이 되어 버린 모든 것으로부터 해방을 위한 투쟁이
필요하다

"나는 추하지만 예쁜 여자를 얻을 수 있고 나는 절름발이지만 스물네
개의 발을 가질 수 있다. 나는 누구일까?"

자본주의 시대 최고의 신神이며 최고선善인 돈에 대한 풍자이다. 이 대
담한 주장에 자유로울 사람은 극히 드물 것이다. 화폐처럼 인간을 주눅
들게 하고 사랑이라는 본질도 왜곡하는 강력한 힘을 지닌 무기도 없다.
종교마저도 자본주의 속성의 최정점을 찍고 있으니 행복이 소유와 비례
한다는 사실은 절대 불변의 법칙인 듯하다. 어쩌다 인간이 종교의 역기
능까지 걱정하는 시대를 살고 있으니 가슴 아픈 일이다. 가장 낮고 비루
한 마구간의 말구유를 선택하여 오신 예수 탄생의 상징적 의미는 신화
일 뿐이며 버리고 버리므로 비로소 무소유의 가벼움을 느끼며 떠난 법
정 같은 종교 지도자는 역사 속 위인으로 봉인된 것인가.

지난번 수업 시간에 아이들이 던진 질문이 아직도 가슴을 누른다. 뒷문을 열고 들어오던 한준이가 느닷없이 "사람은 무슨 목적으로 태어날까요?" 하고 의미심장하게 묻는다. 왜 그런 질문을 하게 됐느냐고 되물었더니 요즘 김용규 작가의 『철학 통조림』을 읽고 있는데 인간은 왜 태어났고 어떤 사람으로 살 것인가라는 부분에서 생각이 닿아 고민이라고 했다. 그러면 그 해답을 찾았느냐고 물으니 "내가 나를 만드는 것 같다"고 답한다. 어떤 방법이 좋으냐고 다시 물었더니 책을 통해서 날마다 새로워지는 것이라고 했다. 초등학생답지 않은 질문과 생각에 다소 충격을 받았고 그 대안이 돈이 아니라 책이라는 사실에 경탄했다.

갈수록 사회 돌아가는 시스템과 구조가 눈에 들어와 좀처럼 미간이 펴지질 않는데 제자 덕분에 그나마 파란 숨을 짓는다. 자본주의 사회에선 욕망한 만큼 치러야 할 대가가 매우 크다. 그 크기만큼 당연히 사랑은 반비례할 것이다. 이제 건물의 높이만큼 그림자를 드리우듯 허상을 내려놓고 삶을 억압하는 만성적인 피로에서 벗어나 기대어 쉴 언덕이 필요하다.

내게 독서는 가장 행복한 놀이이다. 사람보다 책 사이에 있을 때가 평안하고 행복하니 잘못 사는 것은 아닌지 의문이다. 시내 중심가에 있는 알라딘 중고 서점을 주로 이용하는데 원하는 책을 구매해서 나올 때는 천하를 얻은 느낌이다. 주로 돈에 포획된 모든 소중한 가치들의 복원과 인간해방을 위해 노력했던 마르크스와 짐멜 등과 같은 역사철학이나 인문학 서적을 탐독한다.

융합의 식탁

최근 연세대 철학과 김상근 교수의 『군주의 거울, 영웅전』과 박웅현 작가의 『다시 책은 도끼다』 독서는 아주 유익했다. 그들이 피력한 언술들을 따라가며 세상 읽는 재미도 크지만, 그 시선을 좇아 내가 사는 현실을 통찰하며 내 시선으로 만드는 과정이기에 더 의미 있다. 무엇보다 독서는 고루한 의식을 깨고 다양한 분야의 경계를 넘나들며 통섭적 사고를 증진하는 길이다. 내가 나를 만든다는 제자의 해답처럼 내게도 독서는 나를 만드는 한 과정이다. 날마다 엄청난 양의 책이 출간되지만 누가 어떻게 읽느냐에 따라 잡지가 되고 고전이 된다. 독서를 통해 오른 경지가 욕망하거나 허상을 드리우지 않고도 니코스 카잔차키스의 묘비명처럼 "나는 아무것도 바라지 않는다. 나는 아무것도 두려워하지 않는다. 나는 자유다"라고 환호하는 삶, 민낯으로도 당당한 삶을 사는 데 있다. 그 길을 위한 전제는 니코스 카잔차키스가 『그리스인 조르바』를 통해 언급한 우리 내부의 터키라고 할 수 있는 무지, 악의 공포 같은 모든 형이상학적 추상으로부터 해방을 쟁취하기 위한 투쟁, 우상이라고 일컫는 것, 우리가 섬기는 중에 우상이 되어 버린 모든 것으로부터 해방을 위한 투쟁을 필요로 한다. 자유는 그다음의 문제다.

페르소나와 민낯의 전형

니코스 카잔차키스, 『그리스인 조르바』

확대경으로 보면 물속에 벌레가 우글우글거려요. 갈증을 참을 거
예요? 아니면 확대경을 부수고 물을 마시겠소? 당신의 그 많은 책을
쌓아놓고 불이나 싸질러 버리시오. 그러면 그제야 인간이 되겠지!

니코스 카잔차키스는 왜 '그리스'인을 강조하였을까? 우리가 알다시피
그리스 아테네는 민주주의의 본산이다. 인본주의의 시원이기도 한 그리
스는 자유의 공간이라는 확장해석도 가능하다. 그는 동서양 사이에 위
치한 그리스의 지형적 특성과 터키 지배 아래 기독교인이라는 박해를
받으며 어린 시절을 보냈다. 그런 경험을 토대로 민족주의 성향의 글을
썼지만, 베르그송과 니체의 사상을 접하면서 한계에 도전하는 투쟁적
인간상을 바탕으로 한 글을 썼다.

베르그송은 지식을 중시하면 할수록 영혼의 충동, 상상력, 직관력을
과소평가하여 영혼을 단순한 기계장치로 전락시킬 우려가 있다는 주장
으로 과학적 분석 수단 사용을 거부한 인물이다. 그런 까닭에 그 영향
을 받은 니코스 카잔차키스는 자유로운 영혼의 실존인물인 기오르고스
조르바의 삶을 소설화했는지도 모른다. 조르바의 주장은 인간을 떠올

융합의 식탁

린다면 바로 자유가 튀어나와야 한다는 것이다. 그런 영혼의 자유에 니체 사상의 중점인 위버멘쉬(초인)라는 옷을 입혔으니 자유롭게 살며 자유를 위협하는 이 땅의 무거운 중력들에 투쟁하는 인간일 수밖에 없는 것이다.

『그리스인 조르바』는 주인공 '나'에 의해 관찰되는 '영원한 자유인, 조르바'의 삶을 다룬 장편이다. 주인공 '나'는 늘 단테의 문고판 『신곡』을 옆구리에 끼고 다니며 규범적인 말만 하는 책상물림이다. 즉 천상의 세계 지옥, 연옥, 천국이라는 카테고리에 자신을 구속하고 이 땅의 자유를 억압하며 나약한 글방 도령으로 살아가는 기독교인이다. 반면 조르바는 늘 산투르라는 음악 악기를 끼고 춤도 추고 흥도 내며 짐승에 가까울 정도로 자유로운 인생을 사는 인물이다. 두 사람은 페르소나와 민낯의 전형이다.

작가가 크레타 섬에서 가장 긍정적인 인물로 비중 높게 잡았던 피사체는 그 마을의 권력으로 자리한 수도원 사람들이 아니라 노동자, 광부 조르바에 한한다. 주인공 '나'와 '조르바' 그리고 그들이 터키의 압제를 벗어나 목적지로 둔 '터키'와 '크레타' 섬의 대비는 많은 상징을 띤다. 주인공 '나'가 아폴론적 인생관을 지녔다면 조르바는 디오니소스적 인생관을 지닌 인물이다. 하늘에 소망을 두고 합리와 질서로 산 인물과 대지에 충실하며 비합리와 무질서를 지향한 삶 중 어느 것이 정답인지는 모른다. 다만 그 시대를 관장하는 기득권층 규범으로만 시시비비로 평가될 뿐이다. 터키라는 공간적 상징이 물질, 육체, 행동이라면 크레타는 정신, 영혼, 사색의 공간을 의미한다. 두 사람이 도달한 크레타 섬에서 한 사람은 자유롭게 살고 한 사람은 그의 삶을 관찰하며 자신이 지닌 확대경을 내려놓는 플롯이다.

> "확대경으로 보면 물속에 벌레가 우글우글거려요. 갈증을 참을 거
> 예요? 아니면 확대경을 부수고 물을 마시겠소? 당신의 그 많은 책을
> 쌓아놓고 불이나 싸질러 버리시오. 그러면 그제야 인간이 되겠지!"
>
> – 니코스 카잔차키스, 『그리스인 조르바』 중

확대경을 부쉬버리라는 조르바의 외침이 주인공의 가슴을 뚫고 우리에게 향한다. 우리 역시 얼마나 많은 확대경으로 진리를 평가해왔던가. 그 확대경에 몰매 맞은 영혼 또한 얼마인가.

니코스 카잔차키스가 강조한 '그리스인 조르바'는 영원한 자유인이다. 조르바를 만나 확대경을 내려놓고 물질의 세계로부터 가벼워진 주인공 '나'이기도 한 니코스 카잔차키스는 그의 염원처럼 비로소 자유를 얻었다. 수많은 페르소나를 쓰고 사회적 자아로 살아온 에고^{ego}가 개인 무의식 저 심연에 자리한 본래적 자기, 조르바라는 셀프^{self}를 만난 것이다.

딸은 아들이
아니다

비프케 폰 타덴, 『딸은 아들이 아니다』

여성의 역사는 남성 중심의 역사에서 이해되는 왜곡된 역사임을 알 수 있다. 책 제목의 의미는 남성 중심으로 이분법화한 열외의 성이라는 뜻이다.

　요즘 한 달에 한 번 인문학 독서팀을 만난다. 아홉 명으로 구성된 이 모임은 교육 관련 종사자로 대학교수를 포함하여 현직 중고등 교감, 교장이 대부분이고 나를 비롯해 두 명의 독서논술 강사가 함께한다. 국립대학에서 지원하는 지역민 독서팀에 선정되어 성 평등, 청년실업, 노년, 다문화 가정 등 사회 문제를 다루는 텍스트를 주로 삼다 보니 다소 난해하다.

　'딸은 아들이 아니다, 어떤 의미일까?'

　딸은 아들이 아니라는 당연한 의미도 있지만, 아들 기준으로 딸을 해석하는 시대 고발로도 가능한 제목이다. 대부분 작가는 자신의 중심사상과 창작 의도를 책이나 글 제목에 장치한다. 자신을 대변하는 주인공의 성격도 이 안에 녹아있다. 그래서 책을 가까이하는 독자라면 표제만으로도 작가의 의도를 충분히 가늠한다. 여성의 역사는 남성 중심의 역사에서 이해되는 왜곡된 역사임을 알 수 있다. 비프케 폰 타덴의 『딸은 아들이 아니다』라는 책 제목 의미는 남성 중심으로 이분법화한 열외의 성이라는 뜻이다. 할머니가 손녀 레베카에게 들려주는 고대 그리스에서 출발한 딸들의 역사 이야기는 남성의 반쪽과 부분으로 평가해 온 여성의 수난사이다. 고대부터 현대에 이르기까지 여성의 근대성을 억압해온 폭력들이 곳곳에서 발견된다. 여성의 외모와 품행은 평가의 대상이지만 지적능력은 폭력의 대상이던 시대를 엿본다.

몇 권의 성 평등 도서를 읽고 합평한 이후부터 놀라운 변화들이 일어났다. 모임의 3분의 2를 차지하는 남성들이 남성 젠더 중심으로 학습된 자신을 인식하기 시작했다는 점이다. 맞벌이 부부 교사인 한 회원은 아내의 가사노동을 당연한 여자들의 몫으로 인식해왔는데 독서 모임을 통해서 자신의 삶을 반성하는 계기였다고 토로했다. 그나마 유연한 사고를 지닌 한 남성 회원은 퇴직 후의 가사분담을 해보겠다고 요리학원에 다니는데 요즘 말투도 "내가 도와줄게"에서 "내가 할게" 식으로 바뀌는 중이라고 한다. 무의식중에 드러난 자기 안의 남성 중심적 사고에 놀랐다는 회원, '동료형 부부'가 대안이라는 긍정적인 방안을 제시한 회원도 있다. 여성 회원 대부분은 직장과 가사라는 이중 노동을 하고 있다. 주로 4, 50대 후반의 전근대적인 가치관을 학습한 사람들이다 보니 매우 놀랄 일은 아니지만, 사회적으로 안정된 그들이 골프 대신 독서를 하고 사회 문제를 개선하기 위해 사유한다는 데 매우 희망적이다.

나 역시 남성 중심 문화를 뼛속까지 젠더 규범으로 학습한 시대를 살았다. 남성 중심의 규범에서 불평등한 여성 위치를 인식하면서도 공적 언어화 하지 못하고 운명처럼 받아들이며 여기까지 왔다. 어쩌면 내 안의 여성의식도 남성 중심으로 학습된 것이어서 여자의 적은 여자라는 무지한 담론을 펼쳤는지도 모른다. 남성 또한 사회적인 남성의 페르소나에 갇힌 인물임을 발견하며 편협한 이분법 공식에 공공의 악을 느낀다. 성을 수직화하는 억압은 결국 양성 모두 민낯으로 살기 어려운 구조이다. 이제 아담의 천국에서 벗어나 건강하고 새로운 전체를 모색할 때이다.

불평등을 푸는 키워드는 '내 안'에서 출발한다. 기준에 빗대어 호응하지 않으면 그 기준은 무가치해진다. 기준으로부터의 탈식민화, 그 길만이 천 개의 다양한 고원으로 자리할 것이다.

고비를
넘다

안상학 시집, 『남아있는 날들은 모두가 내일』
_____

시간과 거리를 물으면 금방이라는 말밖에 할 줄 모르는 운전기사
와 길을 잃어도 쥬게르 쥬게르(괜찮아, 괜찮아)만 연발하는 가이
드가 있다는 몽골고원 고비사막.

고비사막을 행군할 때 좀 더 어려운 고비 지점이 있듯이 우리의 인생
계곡에도 유달리 험난한 고비 능선이 있다. 인간의 괴력은 고비의 능선
에서 대부분 민낯의 원초아 모습을 보인다. 그 자신의 가려진 민낯을
인정하지 못하면 고비를 넘어서지 못하고 절망을 선택한다. 구부러진
길처럼 알 수 없는 미래의 시간을 이어가는 시간의 문고리는 고비라는
원형과 멀지 않다. 실상 고비는 추위로 너덜거린 겨울 넝마 같은 모습으
로 다가오지만 그 고비의 순간들을 딛고 연단된 것들은 강력한 다이아
몬드가 된다.

고비Gobi는 몽골어로 풀이 자라지 않는 거친 땅, 사막을 의미한다. 황
사의 발원지로도 알려진 이곳은 몽골고원 내부에 펼친 광활한 사막으
로 동서 길이가 무려 1,600km이다. 수많은 순례자가 이곳을 지나갔고
무수한 마라토너들이 이곳을 달리며 자신의 한계를 뛰어넘었다. 2016

융합의 식탁

년 마라토너 디온 레너드와 사막을 달리던 한 마리 유기견의 조우는 사막의 고비 능선에서 만난 고비 다이아몬드 커플이다.

인생이라는 공간적 배경도 수많은 고비사막으로 펼쳐있다. 그 길이와 면적을 물리적인 수치로 환산하긴 어렵지만, 그 고비라는 사막을 잘 딛고 넘어간 사람들로 인류 문화는 이 만큼 꽃피웠으리라.

지금 바로 위 언니가 고비사막을 넘는 중이다. 늘 먹거리와 운동으로 건강관리를 힘써 오던 사람인데 열흘 전 가슴 통증을 호소하며 쓰러졌다. 혈압 수치가 170을 웃도는 데도 혈압약 복용을 무시하고 음식으로 조율하며 지내더니 급기야 쓰러져선 119를 불러 대학병원으로 실려 갔고 고난도 위험 수술이라 다시 다른 대학으로 이송돼 흉부대동맥 수술을 받았다. 병원이라면 상갓집처럼 생각하던 언니가 인생 최대의 고비를 맞고 중환자실에서 고비사막을 건너는 중이다.

하루 이틀 일주일이 지나도 의식이 돌아오지 않는 언니를 면회 한 번 못하고 망연자실 기다리는 동안 서고에서 안상학 시인의 시집 『남아있는 날들은 모두가 내일』을 꺼내 읽었다. 심경 탓인지 「고비의 시간」이 눈 앞에 머문다. 중환자실에서 의식 불명의 상태에서 운명의 신과 사투를 벌이며 고비의 시간을 넘고 있을 언니를 위해 두 손을 모았다.

깊은 감정이입 탓인지 시를 읽는 내내 언니가 겪었을 극심한 가슴 통증을 느낀다. 시적 화자가 넘어서는 그 고비가 언니의 상황과 오버랩된 까닭이다. 시적 화자의 진술처럼 내가 나비 한 마리 날아들지 않는 냉랭한 시를 쓸지라도 언니는 항상 동생의 시에서 향기를 듬뿍 맡는 가장 아름다운 나비이며 일등 독자였다.

시 속 문장처럼 "시간과 거리를 물으면 금방이라는 말밖에 할 줄 모르는 운전기사와 길을 잃어도 쥬게르 쥬게르(괜찮아, 괜찮아)만 연발하는 가이드"가 있다는 몽골고원 고비사막을 넘고 있을 언니에게 "쥬게르, 쥬게르"를 전하며 디온 레너드가 사막의 유기견을 만나 고비사막을 넘어갔듯 언니에게 닥친 고비사막을 잘 넘어가길 바라며 언제 읽을지 모르지만 기운 내라는 카톡을 남겨둔다.

지금 인생의 가장 험한 고비사막을 행군하는 순례자, 겨울을 지나고 봐야 솔이 푸른 줄 안다고, 우리는 지금 우리의 맏이 언니에게로 온통 삶의 회로를 집중하는 중이다. 남아있는 날들은 모두 꽃피울 내일이라는 말을 읽었다는 표시로 1이 사라질 그 날, 고비를 넘긴 언니의 내일을 기다린다.

상처도
꽃이다

마크 맨슨, 『신경 끄기의 기술』

어떤 사람이 뭔가를 당신보다 잘한다면, 그건 그 사람이 당신보다
그 일에서 더 많은 실패를 맛봤기 때문일 가능성이 크다.

어떤 사람이 뭔가를 당신보다 잘한다면, 그건 그 사람이 당신보다 그
일에서 더 많은 실패를 맛봤기 때문일 가능성이 크다. 미국 텍사스 주
출신의 1984년생 마크 맨슨이 쓴 인생에서 가장 중요한 것만 남기는
힘, 『신경 끄기의 기술』의 한 문장이다.

요즘 딸아이가 읽는 이 책은 출간 후 아마존과 뉴욕타임스 베스트셀
러 1위에 올랐으며 30대 사이에 가장 핫한 인기도서로 주목받고 있다.
잃을 게 없어서 두려운 게 없었다던 저자는 이미 바닥에서 출발했으므
로 올라갈 일만 남았다는 점에서 자신을 행운아로 구분했다. 며칠 동안
이 책에 몰두하던 딸아이가 엄마도 요즘 젊은이들이 어떤 책을 읽는지
인문학, 철학, 고전서도 좋지만, 실제 삶 속에서 대처할 수 있는 실용서
를 읽고 써보라고 주문한다.

산업화 시대, 비슷한 성장 단계를 거치면서 노력만 하면 성공이 보장

되던 어른 세대와는 달리 지금 자기 또래들은 낭만과 노동 사이를 오가며 해먹 위의 여유를 부릴 틈도 없다는 것이다. 정상적인 순서로는 목표점에 도달할 수 없는 현실에서 야근까지 해야 그나마 살아남을 수 있으며 삶은 개미 아니면 베짱이 방식을 선택할 수밖에 없는데 자본주의 사회에서 베짱이로 살기는 어려운 일이고 차라리 '나 혼자 산다'를 지향할 수밖에 없다는 것이다.

그동안 얼마나 많은 책을 읽었는지 딸아이 방 한편에 책이 수북하게 쌓여있다. 다리를 다쳐 집에서 쉬는 바람에 책을 맘껏 읽었노라며 이 고난이 전화위복의 기회였다며 자위한다. 서울에 직장이 있는 딸아인 퇴근길 계단에서 넘어지는 바람에 허벅지 골절 수술을 하고 집에 내려와 1년째 케어를 받는 중이다. 딸아이는 실패와 경험은 주체가 어떻게 해석하느냐에 따라 결과가 달라진다면서 마이클 조던의 '살아오면서 실패에 실패를 거듭했다. 그것이 내가 성공한 이유'라는 성공담을 들려준다. 부모가 출근하고 없는 그 빈 시간에 책으로 무료한 시간을 달래며 안으로 성장한 흔적이 놀랍다.

요즘 딸아이가 읽는 책들은 대부분 절망에서 살아남기 같은 자기계발서들이다. 고난을 통해 새롭게 성장한 딸아이의 모습에 고난도 마이너스로만 작용하지 않는다는 교훈을 얻는다. 가장 중요한 것만 남기고 신경 끄기의 기술을 익히며 살아가겠다는 아이, 인생의 중요한 터닝 포인트에서 딸아이는 어떤 모습으로 살아갈 것인가. 이따금 기획사로부터 길거리 캐스팅을 받을 정도로 외모에 상당한 신경을 쓰고 살았는데 요즘은 180도 바뀐 모습을 본다. 화장품 대신 책을 사들이기 바쁘고 연예인 대신 작가에 대한 관심사가 높다. 30대의 젊은 작가 마크 맨슨의 책 『신경 끄기의 기술』을 읽고 충격을 받은 모양이다.

딸아이는 1년 전 사고로 허벅지 골절상을 입었을 때 자신의 전부를 다 잃은 듯 절망했다. 그러나 꾸준한 운동과 긴 시간 독서를 통하여 내면의 미를 가꾸면서 새롭게 자아를 포맷해 나갔다. 상심하며 흘리던 눈물이 미소라는 결정체로 만들기까지는 독서를 통한 자기검열과 긴 성찰이 있었기 때문이다. 행복은 가벼운 클릭 한 번으로 오지 않는다.

경험한 만큼 실패는 줄고 고통받은 만큼 감동은 크다. 딸아이가 겪은 사고를 통해 소나무에 난 옹이처럼 상처도 꽃이 될 수 있다는 것을 발견한다.

이 시대의 약포 정탁은
어디 있는가

정진호, 『별과 나』

주인공 '나'가 타고 달리던 자전거의 라이트가 갑자기 꺼진다. 어두운 밤길을 천천히 서행하는 중에 '나'는 새로운 세계를 발견한다. 머리 위에서 음표처럼 펼쳐지는 무수한 별, 사선처럼 빗금 치는 별똥별, 별무리처럼 따라붙는 반딧불이.

내가 유일하게 시청하는 TV 프로그램은 종편의 스테디셀러 〈나는 자연인이다〉라는 프로이다. 무위자연의 공간에서 참되고 순수하게 살아가는 자연인의 모습에서 사람다움을 느끼는 까닭이다. 그 외에는 TV를 잘 켜지 않는 편이다. 누구를 위한 방송인지 도통 알 수가 없다. 예능프로그램 대부분은 공적 프로그램을 인식 못 할 정도로 누나, 형, 언니 등 사적인 호칭을 쓰며 시청자에 대한 예의는 아예 안중에도 없다. 그런 그들만의 리그에 시청료까지 지불하며 돈과 시간을 과소비하고 있으니 1등 시민은 아니다. 그러나 누구를 탓하랴. 시청자의 구미가 만들어낸 기호일 수도 있고 수요에 대한 공급의 창출일 수도 있는 걸. 고개들어 오래 바라볼 수 있는 곳, 하늘밖에 없으니 맘껏 저 드넓은 하늘을 향유할 수밖에. 이따금 책을 사다리 삼아 어둠 가운데 빛나는 아름다

융합의 식탁

운 이야기를 감상할 뿐이다.

정진호의 그림책 『별과 나』는 이야기 한 줄 없는 그림책이다. 주인공 '나'가 타고 달리던 자전거의 라이트가 갑자기 꺼진다. 어두운 밤길을 천천히 서행하는 중에 '나'는 새로운 세계를 발견한다. 머리 위에서 음표처럼 펼쳐지는 무수한 별, 사선처럼 빗금 치는 별똥별, 별무리처럼 따라붙는 반딧불이, 꿈처럼 퍼지는 폭죽, 크리스마스트리처럼 하나둘 켜지는 골목의 가로등, 불을 켜고 쌩쌩 달렸을 때는 안 보였던 아름다운 것들이다. 어둠이라는 배경 속에서 천천히 걸어야만 볼 수 있는 불꽃들이다.

그러고 보면 인간 세상에도 어둠처럼 드러나지 않고 일인자를 만들어 낸 일인자 못지않은 이인자들이 많다. 조선 선조 때의 인물 이순신 장군과 좌찬성 약포 정탁이다.

"나를 천거한 이는 서애 유성룡이요, 나를 살린 이는 약포 정탁(鄭琢, 1526~1605)이다."

문신 약포 정탁은 불멸의 이순신을 역사에 남긴 숨은 그림자다. 그는 1592년 임진왜란 발발 시 선조임금을 의주로 호종한 청주 정씨 가문 출신이며 도승지, 대사헌, 판서, 좌의정, 우의정을 두루 역임했다.

정탁은 동서 붕당의 어지러운 정치 소용돌이 속에서 옥고 중인 이순신을 1,300여 자가 넘는 긴 상소문으로 구명한 인물이다. 정탁의 구명으로 이순신 장군은 명량해전에서 12척의 배로 왜구 133척과 맞서 기적적인 승리를 거두었다. 그뿐만 아니라 홍의 장군으로 알려진 의병장

곽재우와 김덕령을 천거하고 억울한 누명을 쓴 이들을 위해 발 벗고 나설 정도로 의로운 인물이다. 당시 서인 중심의 정권하에서 동인으로서 '아니오'로 대적한다는 것은 목숨을 내놓는 일이다. 숙직 중에 명종의 모친인 문정왕후가 불공을 드리려고 향을 가져오라고 하자 '향은 나라의 제사에 쓰려고 준비해둔 물건이므로 개인이 드리는 불공에 내줄 수 없다'고 거절할 만큼 소신 또한 확고한 인물이다.

지금까지도 이순신 후손이 정탁의 기일에 참례하는 것으로 보아 당시 정탁의 구명 행보가 위험천만 가운데 진행된 민감한 사안임을 가늠케 한다. 약포 정탁이 어둠이라면 이순신은 약포라는 어둠 덕으로 빛을 발한 인물이다. 모두가 권력에 빌붙어 지록위마指鹿爲馬를 주장하는 시대에 '예와 아니오'를 분명하게 했던 정치인, 이제 그 약포 정탁 같은 이를 어디에서 찾을까? 대의는 실종되고 정의는 파산되고 예의는 전설이 된 세상에서 그나마 풀빛 인성 그대로 지니고 사는 순박한 사람이 그리워 '자연인'을 보며 대리 만족을 하는지도 모른다.

융합의 식탁

생존 온도를
높이는 일

최진석

지식 수입국이 아니라 지식 생산국이 되어야 한다. 우리가 지식을
확장하는 이유는 생존 온도를 높이는 일이며 내 영토를 확장해 나
가는 일이다.

인강을 들으면서 설거지를 하는데 잠시 귀를 기울여야 할 부분이 있어 수
돗물을 잠그고 경청했다. 장자와 노자 강의로 명성 높은 철학자 최진석 교
수이다. 내 귀를 빼앗은 건 '우리나라도 이제는 지식 수입국이 아니라 지식
생산국이 되어야 한다. 우리가 지식을 확장하는 이유는 생존 온도를 높이
는 일이며 내 영토를 확장해 나가는 일'이라는 부분이다. 그러기 위해서는
장자처럼 새로운 길을 내는 창의적인 인간이 되어야 하는데 시만큼 창의성
을 키우는 일이 없다는 것이다. 시 쓰기는 이질성에서 동질성을 발견하는
은유적 과정이니 충분히 공감할 부분이다. 그야말로 새로운 시각으로 낯설
게 바라보는 행위이니 세상 모두를 주체로 세우는 따뜻한 작업이다.

한 달 전 시립도서관에서 주관하는 백일장 작품을 심사하느라 다녀
온 적이 있다. 초등부에서 일반부까지 참가하는 시민 행사이다. 장르는
운문과 표어인데 무더운 여름 날씨를 감안하면 응모작이 적은 편수는

아니다. 학교에서 독서논술과 글짓기를 지도하는 일에 있다 보니 작품을 신중하게 감상한다. 시를 감상하는 내내 마음이 따뜻하다. 주어진 시제에 맞게 생각하느라 잠시 세상 읽기로 고민했을 그들의 예쁜 모습을 연상했기 때문이다.

일단 원고지 사용법과 띄어쓰기, 맞춤법은 뒤로하고 얼마나 새롭게 보았는지 입체적 사고와 은유에 중심을 두었다. '우리가 시를 쓰는 목적은 무엇일까?' 삶을 따뜻하고 풍요롭게 하려는 목적일 것이다. 시를 쓰는 일이 기관을 통해서만 치러지는 행사가 되지 말고 학교 내 인문 교양 시간으로 들어와 필수 선결 과목으로 지정된다면 제도권 교육 여건상 부족한 인문적 사고는 저절로 향상될 것이다. 물질적 가치를 떠나 정신적 가치 향연으로도 충분히 삶의 온도는 높아진다.

좋은 시를 읽고 오래 감상하다 보면 근시안적 시야가 세계로 확장된다. 자연히 나 중심적 사고에서 벗어나 타자 중심적 사고의 확장은 물론 우주 공동체적 심상으로 확장된다. 살면서 대소선후大小先後를 아는 일 그것이 정말 도道에 이르는 길임을 실감한다. 뿌리 깊은 나무는 그 뿌리만큼 무성한 잎을 지닌다. 무성한 잎을 드리운 만큼 꽃과 열매도 크다.

우리가 지식을 쌓고 공부하는 목적이 생존 온도를 높이는 일이라면 뿌리를 단단히 내리는 일이 먼저이다. 건강한 토양에서 잘 내린 뿌리라야 우람한 나무로 성장할 수 있다. 살면서 큰 것과 작은 것, 먼저 할 일과 나중 할 일을 아는 일은 쉬운 듯하지만, 어렵다. 목적과 방향을 알면 구분할 수 있지만 불분명한 가운데선 쉽지 않다. 철학자 최진석 교

융합의 식탁

수는 우리가 지식을 확장하는 목적을 생존 온도를 높이는 일이며 내 영
토를 확장해 나가는 일이라고 언급했다. 그가 강연 중 낭송한 김승희
시인의 「새벽밥」이 큰 여운을 준다.

"새벽에 너무 어두워

밥솥을 열어 봅니다

하얀 별들이 밥이 되어

으스러져라 껴안고 있습니다

별이 쌀이 될 때까지

쌀이 밥이 될 때까지 살아야 합니다

그런 사랑 무르익고 있습니다."

– 김승희 「새벽밥」 전문

별에서 쌀을 연상하는 일은 전혀 다른 이질성의 것들에서 동질성을
찾은 은유적 사고이다. 무한대로 확장된 김승희 시인의 심상적 영토를
발견할 수 있는 부분이다. 별이 쌀이 되고 밥이 되는 과정을 사랑스럽
게 무르익는 과정으로 보는 일은 따뜻한 인문적 사고이다. 시를 읽고
시를 쓰는 일, 시라는 콘텐츠도 잘 접목하면 인문 지성의 주춧돌을 쌓
는 일이며 결국 생존 온도를 높이는 일이다.

위대한 정오가
온다

자기 상실의 시대에 건강한 자아를 지켜내는 젊은이들. 달콤한 덫
에도 아랑곳없이 원칙을 지키며 정의를 세우려는 젊은 미래가 온
다. 그 위대한 정오가 온다.

제멋대로 자라 멋진 정원수가 된 조선 소나무에서 불굴의 신념을 읽
는다. 거친 들녘에서 비바람 맞으며 견딘 시간들이 승화한 예술의 흔적
이다. 덤불을 헤치며 샛길로 나간 이들이 빚은 인류의 역사도 보편에서
이탈한 마이너리티들의 행보이다. 진보는 대체로 악한 환경과 위기 속
에서 진행돼왔다. 결국 악한 환경을 발판으로 꿈틀거린 온전한 '선'의 승
리인 것이다.

문우들과 황석영 소설을 논하다가 "인간은 저 스스로 자신 없다고 생
각하면 덫을 놓는다"는 문장 하나를 놓고 장시간 갑론을박을 폈다. 덫
은 교활한 자들이 쳐놓은 비겁한 수단이기 때문이다. 정말 자신 없는
사람은 함부로 움직이지 않고 섶에 누워 쓸개를 씹는다. 모든 괴로움을
참고 견디면서 심신을 단련하는 기회로 삼는다는 의미다.

니체는 자기 돌봄을 실종한 맥없는 노예도덕을 경멸한다. 착한 자들

융합의 식탁

은 진리를 말하지도 않고 복종에 익숙해져 자신의 내면에 귀를 기울이지 않기 때문이다. 분별없이 착하기만 한 터전은 악이 움트는 발판이다. 부딪힘 속에서 변화도 일어난다. 약한 자는 덫을 놓을 수도 없고 그런 용기조차 없다. 다만 덫은 교활한 자의 비겁한 꼼수일 뿐이다. 점점 제소리를 낼 줄 아는 젊은이가 늘고 있어 다행이다. 그들도 이미 소리 없는 착함이 비루한 것임을 안다.

얼마 전 아들이 어렵게 입사한 큰 기업체를 과감히 그만두고 나왔다. 지나친 정의감과 배려심이 몸에 밴 아들의 성격은 MBTI 성격 검사 결과 전 세계 1%만 갖고 있다는 마더테레사 수녀와 같은 유형이다. 그러니 이기적인 삶과는 거리가 멀어 안 봐도 어떻게 살았을지 가늠한다. 연구개발팀 소속이니 워라밸의 삶은 애초 꿈꾸지 않았지만, 불의와는 절대 타협하지 않는 올곧은 성품이라 아무래도 부딪힌 모양이다. 본성이 남의 말을 하는 사람이 아니라서 참고 견딘 시간들을 표정으로 짐작할 뿐이다. 유능한 연구원을 붙잡기 위해 놓은 회유와 덫에 더 상처받았다는 아들의 얼굴에 굳은 결기가 감돈다. 편법 없이 실력과 정의로만 정정당당 계단을 오르는 사회구조라면 얼마나 좋겠는가. 어찌하여 젊은 이들이 희망을 잃은 헬 조선이 되었을까? 그래도 불의한 것을 알면서도 '아니오'라고 말하고 사슴을 가리켜 말이라고 하는 권력에 손잡지 않았으니 어미보다 낫다.

부정의에 맞선 소수의 항변은 계란으로 바위 치기일 뿐 요지부동한 일이다. 불의를 견디지 못해 스트레스성 두드러기에 시달린 아이를 보니 인간의 도덕엔 계절이 없어야 한다고 입버릇처럼 말했던 지난날의 가르침이 자책감으로 밀려온다. 차라리 비위 맞추는 법을 가르쳤더라면 어땠을까? 옳지 못하면 스스로 그 주변을 떠나는 어미의 성향과는 달리 아들은 불의한 것엔 행동으로 저항하는 분명한 성향이다. 세상을 제대로 알려주지 못하고 내보낸 어미 탓으로 고통을 겪는 아들이 안타깝다.

그래도 회유한 덫에 걸리지 않고 자신의 본 전공을 살려 연구원의 길을 찾아 도전한 아들을 보며 만감이 교차한다. 선과 정의를 이뤄낸 아이, 악과 부딪히면서도 끝까지 소신을 지킨 아들의 정의를 이젠 적극 지지할 것이다.

자기 상실의 시대에 건강한 자아를 지켜내는 젊은이들, 달콤한 덫에도 아랑곳없이 원칙을 지키며 정의를 세우려는 젊은 미래가 온다. 그 위대한 정오가 온다.

융합의 식탁

이 시대의
이방인

알베르트 카뮈, 『이방인』

양로원에 계신 어머니가 왜 느닷없이 연인을 만들고 지나온 삶을
다시 되새김하는 놀이에 빠졌는지 알 것 같다.

"오늘 어머니가 세상을 떠났다. 아니 어쩌면 어제였는지도 모른다. 양
로원으로부터 전보가 왔다."

알베르 카뮈의 소설 『이방인』의 첫 문장이다. 책장에서 다시 이 책을
꺼내 든 것은 첫 교양 강의 주제로 '왜 독서토론인가?'를 설정하고 하브
루타 수업을 연구하는 중이었다. 이십 대를 목적 없이 표류하다 사업에
뛰어들어 절망의 세월을 보냈던 한 젊은 사업가는 "내가 진작 그때 뫼
르소를 알았더면 조금 덜 힘들었을 것"이라고 술회했다.

오래전 내가 기억하는 뫼르소는 이 현실에 맞지 않는 이방인에 지나
지 않았다. 죽음을 덤덤히 관망하고 순간순간을 제 감정대로 흐르는
신념 없는 반항아였다. 그런데 텍스트를 읽는 내내 그림이 그려지고 큰
틀이 보인다. 여고 시절에 읽을 때는 그 첫 문장에 심기가 불편하여 주
마간산 격으로 슬슬 넘겨버린 문장들이다. 카뮈가 '이방인'이라고 설정

한 표제는 실존 사상으로 해석할 부분이다. 통상적으로 보편에서 먼 삶은 이방인의 삶이다. 어머니의 죽음과 자기 죽음 앞에서 철저하게 의연했던 주인공의 삶은 햇볕 날카롭게 내리쬐는 정오의 사상이 배경이다.

'양로원에 계신 어머니가 왜 느닷없이 연인을 만들고 지나온 삶을 다시 되새김하는 놀이에 빠졌는지 알 것 같다'는 뫼르소의 회상 장면에 속도 브레이크가 걸렸다. 늘 죽음을 염두에 두고 시시각각 직면하면 삶은 노예도덕에 갇힌다. 누구도 두려움에서 벗어날 수 없고 자유롭지 못하다. 그 삶에 어떤 희망을 심을 수 있겠는가. 그러니 양로원에서 죽음을 목전에 둔 그 나이에도 새로운 연인을 만나 밀회를 꿈꾸는 것이 아닌가.

주인공의 어머니도 죽음이라는 화두를 등지고 살았다. 그러므로 죽는 순간까지 연인과 희망적인 삶을 누렸다. 죽음을 무덤덤하게 바라보는 모자를 보면서 카뮈가 『이방인』을 통해 우리에게 전하려는 창작 의도를 유추한다. 죽음을 뒤로하고 매시간 자기 긍정하며 살라는 전언이다. 사실 나답게 살지 못하는 나들이 이 사회는 물론 자신을 절망 가운데 빠트리고 우울하게 만든다. 매 순간 다른 사람의 삶과 비교하며 자신을 비참하게 만들기 때문이다. 그런 면에서 뫼르소는 섬뜩할 정도로 주체적이다. 어머니의 장례를 치른 다음 날 연인과 해변으로 놀러 가고 코미디 영화를 보고 정사를 나눈다. 그가 해변에서 아랍인을 만나 총을 겨눈 것은 살의를 품고 다가오는 상대방에게서 자기를 방어하기 위한 정당방위였다. 햇살이 칼끝에 반사돼 자신을 찔렀기 때문이라는 은유적 표현을 이해하지 못한 법정은 어머니의 장례식 때 보였던 전 단계의 비도덕성까지 가산하여 사형을 선고한다. 그의 은유는 아직도 해석되지 못한 채 읽히지 않는 고전으로만 맴돈다.

앞으로 다가오는 4차 산업혁명 시대의 화두는 '협력과 창의'이다. 인공지능 시대는 협력 모드로 나아가야 한다. 물론 그 협력의 키워드는 독서토론을 통한 창의적이고 확산적인 사고 함양이다. '나를 부자로 만든 건 책이었다'는 빌 게이츠의 고백에 동감하며 클로징 PPT로 로댕의 조각상 「생각하는 사람」을 넣었다. 이십 대의 젊은 사업가가 벼랑 끝에서 뫼르소를 떠올렸듯이, 이제 갓 대학에 입학한 파릇한 젊은이들이 절망을 만났을 때 독서라는 나침반으로 사유하며 인생을 힘차게 노 저어가길 기원한다.

알을 깨고 나온
데미안

내게 자연은 알을 깨고 나온 알 너머의 세계이다. 이 자연에서 헤르만 헤세를 통해 건강한 데미안을 만나고 자연이라는 데미안이 길 튼 진리를 읽는다.

컨테이너 농막 처마 끝에 주황색 몸통을 한 어미 딱새 한 마리가 분주히 오간다. 살짝 들여다보니 대여섯 개의 알이 깃털 드리운 둥지 안에 오밀조밀하다. 하늘 비구름이 심상치 않아 애면글면 바라보다 비가 닿지 않는 곳으로 옮겨주는데 오십 미터 지근거리 숲속에서 다급한 새 소리가 들린다. 아무래도 어미 새인 것 같아 자리를 피했지만, 새소리만 프레스토Persto로 흐를 뿐 둥지 쪽으로 날아오질 않는다. 그렇게 삼사일이 지나자 알에서 썩은 냄새가 났다. 자연은 그냥 자연 상태로 두어야 하는데 인간 중심의 해석과 간섭이 어린 생명의 목숨을 잃게 했다.

그 이후로도 컨테이너 농막엔 벌집, 새집, 사마귀 알집 등 다양한 자연계의 집이 지어졌고 스스로 재건축돼 새 주인 드나드는 과정을 무심히 지켜보기만 했다. 다만 밭둑 가장자리에 해바라기를 줄지어 심고 참깨, 들깨 설렁설렁 거두며 흘려놓을 뿐이다. 어리석은 소견으로 자연의 원리를 오독하고 알을 깨고 나오려는 새끼 새의 둥지를 해쳤으니 속죄하는 마음이다.

살면서 인간 중심의 판단이 빚은 오류가 이뿐이겠는가? 이원론적 원리로 평가한 주변의 세계, 자연의 세계, 어둠 저편의 세계를 다시 불러내어 헤아리니 아연실색한다. 한 치의 의심이나 비판 없이 기존의 세계 중심으로 학습한 것들이 비일비재하다.

농장 밭둑에 앉아 집에서 들고나온 『데미안』을 다시 펼쳤다. 몇 개의 포스트잇이 붙어 있다. '카인의 표식, 아브락사스, 알, 음악, 데미안' 등등, 상징적인 것들에 방점이 찍혀있다. 오래전 여고 졸업반 때 읽은 책인데 대학에서 학생들과 토론할 부분들이 많아 1학기 토론 텍스트로 올렸다.

"새는 알을 나오려고 투쟁한다. 알은 세계이다. 태어나려고 하는 자는 누구나 하나의 세계를 깨뜨리지 않으면 안 된다. 새는 신을 향해 날아간다. 그 신의 이름은 아브락사스다."

새는 누구이고 알을 무엇이며 지향점인 아브락사스^{Abraxas}는 무엇이고 사라진 데미안은 또 어떤 존재인가. 데미안은 싱클레어가 알을 깨고 세계 밖으로 나올 수 있게 한 이상적 인물이며 싱클레어가 지향하는 무의식의 건강한 자기이다. 자신의 내면에 귀 기울이면 언제나 만날 수 있는 인물이다. 알의 세계를 벗어나 건강한 내면의 소리를 청종하며 자립해 가는 삶은 니체적 사고이며 존재의 고유성을 강조하는 하이데거의 실존 사상이다.

데미안처럼 의식이 건강한 사람은 어둠의 세계, 악의 화신 크로머를 두려워하지 않는다. 누군가를 두려워한다면 이미 그 누군가에게 자기 자신을 지배할 힘을 내주었다는 걸 의미한다. 의식이 건강한 사람은 알의 세계가 명령하는 가치에 무조건 순응하진 않는다.

이 고전은 싱클레어가 자아정체성을 찾아가는 성장소설로 보기도 하고 주인공이 세상에 병립된 선과 악의 이원론적 코드에서 부딪히며 진정한 자기, 데미안을 찾아가는 실존 지향의 심리소설로 볼 수도 있다. 제목을 싱클레어가 아닌 데미안으로 설정한 것에서 그 답을 유추한다.

십 대 후반에 읽었을 때와 어느 정도 인생을 살고 여러 분야의 독서 이력을 세운 후 철학적 사유에서 다시 읽는 지금, 그 의미가 또 새롭다. 물론 자연을 바라보는 관조도 그렇다. 내게 자연은 알을 깨고 나온 알 너머의 세계이다. 이 자연에서 헤르만 헤세를 통해 건강한 데미안을 만나고 자연이라는 데미안이 길 튼 진리를 읽는다. 자연은 가공이 없는 무봉의 세계이다. 자연이 보여주는 섭리에서 각 존재자의 존재방식을 그대로 간섭 없이 읽는 큰 세계를 발견한다.

융합의 식탁

사상이 건강한 자기, 내 삶의 나침반인 책

양 가슴 빼곡하니 품고도
호젓한 저 고요, 무겁지도 않은
몸짓은 큰데 그림자는 없다

무겁게 품고도
소리 내지 않고
영혼의 뒤꿈치마저 가벼운 것은
매 순간 분만하기 때문이다

눈꺼풀 밀어 올리고
발톱 올리는 눈, 눈들 바라보며
제 몸과 화해 못 한 지상의 눈 하나
뒤척인 흔적이 또 한 세계이다

저 수만 가지 문장을 품고도 가볍게 흐르는

허공, 통 큰 몸 발가락 아래

큰 문장을 읽는다

나를 잘 찾아가는 길이 세계를 잘 만나는 길이다